一生最爱纳兰词

一生最爱纳兰词

一生最爱纳兰词

苏缨○著

武汉出版社
WUHAN PUBLISHING HOUSE

（鄂）新登字08号

图书在版编目(CIP)数据

一生最爱纳兰词 / 苏缨著.—武汉：武汉出版社，2009.4（2018.9重印）

ISBN 978-7-5430-4190-5

Ⅰ.一…　Ⅱ.苏…　Ⅲ.词（文学）–文学欣赏–中国–清代　Ⅳ.I207.23

中国版本图书馆CIP数据核字（2009）第052825号

书　名：一生最爱纳兰词

作　　者：苏　缨

责任编辑：和　风　潘长胜

封面设计：吕彦秋

出　　版：武汉出版社

社　　址：武汉市江汉区新华路490号　　邮　编：430015

电　　话：（027）85606403　85600625

http://www.whcbs.com　E–mail:wuhanpress@126.com

印　　刷：天津文林印务有限公司　　经　销：新华书店

开　　本：720mm × 980mm　1/16

印　　张：13

字　　数：150 千字

版　　次：2009 年 6 月第 1 版　　2018 年 9 月第 3 次印刷

定　　价：59.80元

目录

Contents

可耐暮寒长倚竹，便教春好不开门

——《浣溪沙》（欲问江梅瘦几分）

欲问江梅瘦几分，
只看愁损翠罗裙。
麝篝衾冷惜余熏。

可耐暮寒长倚竹，
便教春好不开门。
枇杷花底校书人。

这首《浣溪沙》（欲问江梅瘦几分）是纳兰词研究中的一个迷案。很多人费尽心机地想要参详出这美丽文字的背后到底藏着哪一位女子，藏着怎样的一个故事。搞历史和搞八卦大有异曲同工的地方，只不过历史搞的是古代明星的八卦。

我们慢慢来看。“欲问江梅瘦几分”，像是咏物，吟咏的对象是江梅。什么是江梅呢，如果你把它简单理解成江边的梅花，那你不但在事实上错了，还严重违背了小资精神。范成大有个《梅谱》，详列各个梅花品种，但分类的眼光与其说是植物学的，不如说是诗人的。他说江梅也叫野梅，体现的是山野清绝之趣，花朵较小，清瘦有韵致，香气最清。

这种分类手法，充分体现着老百姓和小资的一大区别。比如喝咖啡，老百姓会说“来一杯咖啡”，小资会说“一杯蓝山”，虽然专家说中国从没进口过真正的蓝山咖啡豆，但“蓝山式”就足够情趣了。细节决定小资，所以小资的眼里不存在作为泛称的咖啡，而只有一个个具体的咖啡品种；小资的诗里也不存在作为泛称的梅花，而只有江梅、雪梅这样的细分。

江梅的特点，一言以蔽之，是清瘦、孤傲，所以在这个基础上就可以拟人了，于是有了下一句“只看愁损翠罗裙”。两句话连起来看，字面意思是说：要问江梅到底瘦成什么样了，只要看看那女子的裙子是不是又显肥了。这个修辞非常巧妙，用后半句来揭示前半句所谓的江梅其实是指一位江梅一样清瘦、孤傲的女子。而她的瘦，不是因为发育不良，而是因为“愁”。为什么愁，下一句交代得更加巧妙“麝篝衾冷惜余熏”。

“麝篝”是燃麝香的熏笼，“麝篝衾冷惜余熏”顺畅的语序应该是“衾冷麝篝惜余熏”，说那女子觉得被窝有点凉了，去看熏笼，麝香已经烧完了，那残留的香气和温度分外惹人怜惜。——文人总能把龌龊的思想表达得非常优美、非常含蓄。在诗歌套语里，如果说一个女子嫌被窝冷，通常只暗示着一个原因：想男人了。这里还有第二层意思，因为在古代男权社会，话语权把握在男人手里，女人很少会写诗来想男人，而男人想女人的时候，常常会假托女人的口吻，或者假想女人的生活情景，写那个女人在思念自己。——如果女方实在不具备对等的才华来作自己诗词唱和的红颜知己，那就由男方亲手捉刀，玩左右手互搏好了。

下片开头两句对仗，是《浣溪沙》这个词牌的精华部分，容若这里写的是“可耐暮寒长倚竹，便教春好不开门”，这是描写女主角的生活：天晚了，冷了，倚着竹子，就算春光好天气也不把房门打开。

“可耐”即无奈、可叹。“倚竹”是个诗歌套语，出处在杜甫的

"天寒翠袖薄，日暮倚修竹"，写贵家女子生活的沦落和沦落之后保守的节操。而春光明媚也不开门则说明了至少两种可能性：一是她心里不痛快，把自己封闭了起来；二是她心里想着某个遥远的情郎，因为得不到爱情的慰藉，便对撩动的春光也无动于衷了。这女子到底是什么人呢？末句给出了答案："枇杷花底校书人"，这是用唐代才女薛涛的典故，王建有诗"万里桥边女校书，枇杷花里闭门居。扫眉才子知多少，管领春风总不如"。"女校书"、"枇杷花"、"闭门居"都在王建这首诗里找到了出处。

"校书"本是"校书郎"的简称，是一种官职，通常由有学问的人担任，负责校对皇家藏书。李白有个叫李云的族叔就作过校书郎，李白为他写过一首《宣城谢朓楼饯别校书叔云》，其中名句"弃我去者昨日之日不可留，乱我心者今日之日多烦忧"尽人皆知。要作校书郎这个官，需要才学，也需要细心，薛涛二者兼备，名气又大，便被当地的长官戏称为"女校书"。逐渐地，这个雅号的使用范围被扩大了，变成了乐伎的代称，就好像我们现在称妓女为副处级干部一样。

这里有一点值得仔细区分，古代的乐伎、歌伎并不是妓女，她们是卖艺不卖身的，对这一点，政策上有严格规定。比如在歌舞业最发达的宋代，如果按照现在的分类，歌伎属于合法的演艺人员。但另一方面，歌伎属于贱民，没有独立的户籍。官伎隶属于官府，属于乐籍；私伎隶属于主人，和牛马猪样一个地位，可以被主人自由买卖，也广为士大夫所蓄养，宋词名家如欧阳修、苏轼等等，概莫能外。

官伎又分几种，大家读宋词和宋史的时候会常见到"营伎"这个词，这不是随军慰安妇，而是特指隶属于地方政府的官伎，其管理机构叫乐营，负责人称乐营将，所以地方上的官伎便被称为营伎。

宋代对官伎是有管理制度的，官员们可以使官伎佐酒，但卖淫嫖娼是被严令禁止的。史料里记载过一些官员因为越界受到惩处的例子，所以有的书里讲宋词多是嫖客写给妓女的美丽情书，这是没有事实根据的。

这个官伎管理制度还延续到了后世，比如讲明史的书里提到靖难之变，常说明成祖朱棣把失败的政敌们的妻子、女儿没入乐籍，充任官伎，每天有很多男人兴致勃勃地来轮奸这些曾经的金枝玉叶。这个故事流传很广，其实这只是低俗小说的亢奋想像，不可当真的，官伎虽是贱民，但不是妓女。

还有一个流传很广的故事是“扬州瘦马”，因为《投名状》而尽人皆知，其实“养瘦马”其语其事早在宋代就有了。这些“瘦马”养成之后就被卖为歌伎。卖的时候还要签合同，要经过官方认可，合同有签终身的，也有只签几年的。

官伎不卖身，私伎当中有些则是市井妓女，也有歌伎兼职卖淫的，李师师就是其中的典范。

讲这么多背景知识，是因为这对理解女主角的身份很有帮助。有的注本把“枇杷花底校书人”简单理解为枇杷花底下的读书人，这就大错特错了。文人写东西，对别人的身份经常使用代称，但这个代称一定要非常切合本人才行，不能有一点马虎。比如有人送阎锡山一副对联：“都督阎公雅望，晋国天下莫强”，上联抄自王勃《滕王阁序》里的“都督阎公之雅望”，非常切合阎锡山的身份；下联出自《孟子》，恰合阎锡山的势力范围。相反，如果身份不很切合，就难免受到别人的质疑和批评，比如吴梅村《永和宫词》“汉家伏后知同恨，止少当年一贵人”，这里的典故是：汉献帝的伏皇后被曹操所杀，还有个董贵人也一起被杀，比喻的是崇祯皇帝的周皇后去世之前，田贵妃就已经去世了。赵翼对这句的用典提出了批评：周皇后是奉旨自尽的，伏皇后是被曹操所杀的，两者没有可比性。

换一个角度来想，女校书已经变成了歌伎的代称，如果用这个词来称呼良家妇女，岂不是太过唐突了。就像现在“小姐”变成了妓女的代称，所以人们对年轻女性一般就不再轻易以“小姐”相称了。由此看来，容若这首词里的女主角无疑是一位歌伎，而且是像薛涛一样文化程度很高的歌伎。她会是谁呢？最合理的推测自然就是沈宛。纵然不是沈宛，也只能是个歌伎。

但是，最流行的意见认为词中女主角是容若那位入宫的青梅竹马的表妹，这是苏雪林考证出来的：“但不幸他恋人入宫之后，不等限满出来便死了。她身体本来怯弱，又是个神经质的女性，因倾心容若的缘故，无端遭人嫉忌，被送入那深沉宫禁，虚了鸳盟，抛了凤侣，葬埋了花容月貌，辜负了锦样年华，当然使她万分悒郁。入宫以后的生活又像容若所写：欲问江梅瘦几分，只看愁损翠罗裙……”

看看苏雪林的通篇考证，倒也有鼻子有眼的，但至少对于这首词的含义完全领会错了。“女校书”这个称谓无论如何也不可能冠在表妹的头上。“枇杷花”在写实的一面上又是南方的物产，如果表妹真收到这样一首词，恐怕非跟多情的容若表哥分手不可。

最后说说读音问题。这首词肯定很多人读起来感觉不流畅，原因很简单，这是字音的古今差异造成的。这问题其实古来就有，明清时候要写诗填词已经得硬生生地背韵谱了，这也算是古典诗词的一个小小的技术壁垒。

“只看愁损翠罗裙”，“看”字可平可仄，这里读平声，现代汉语的一声。

“麝篝衾冷惜余熏”，“惜”是入声字，读诗词遇到入声字有一个很不规范但很方便的替代方法，那就是把入声字读成四声，比如“惜”可以读成“戏”，但要尽可能读得短促一些。

“可耐暮寒长倚竹”，“竹”是入声，方法同上。

“便教春好不开门”，“教”字可平可仄，这里是平声，现代汉语的一声。

下面，把这些影响声音流畅的字换成括号里的字，大家再读一下，感觉就不一样了。常常这样练习一下就逐渐能体会到古典诗词的音律之美了：

欲问江梅瘦几分，只看（刊）愁损翠罗裙。麝篝衾冷惜（戏）余熏。

可耐暮寒长倚竹（住），便教（交）春好不开门。枇杷花底校书人。

剩月零风，人间无味

——《金缕曲·亡妇忌日有感》（此恨何时已）

此恨何时已！
滴空阶、寒更雨歇，葬花天气。
三载悠悠魂梦杳，是梦久应醒矣。
料也觉、人间无味。
不及夜台尘土隔，冷清清、一片埋愁地。
钿钗约，竟抛弃。

重泉若有双鱼寄。
好知他、年来苦乐，与谁相倚。
我自终宵成转侧，忍听湘弦重理。
待结个、他生知己。
还怕两人俱薄命，再缘悭、剩月零风里。
清泪尽，纸灰起。

宋词里边有很多缠绵悱恻的句子，隐藏着许多悲欢离合的故事。这些词大多是写给歌女的，歌女作为宋代略具或颇具文化素养和艺术才华的群体，自然容易受到那些文人士大夫们的狂热追捧。但官方的三令五申禁止了他们“形而下”的结合，那千般幽怨、万种柔肠便只能付给鱼雁传书和浅斟低唱了。爱情在别处，唯独不在自己家里。

现代人对这些也许很难理解。古代社会里，妻子的任务是传宗接代、相夫教子，需要扮演的是贤内助的角色，而不是丈夫的爱情对象，最理想的恩爱境界也不过是举案齐眉、相敬如宾了。如果丈夫和妻子之间产生了爱情，反倒是大可怪异的事。

所以，我们看唐诗宋词，虽然很有一些丈夫写给妻子的佳作，但细心体会之下，就会发现诗词中所表达的感情虽然深厚，但越看就不像是爱情。屈指可数的那几篇悼亡的名作也是这样。

悼亡作品是古典诗词的一个特殊的门类。妻子去世了，丈夫借着诗词来表达哀思，表达对妻子的深情与怀恋，句句是泪水，句句是叹息，情真意切之处最能唤起读者的感动和同情。但是，那不是爱情。

历代最著名的悼亡诗要属元稹的《遣悲怀》三首：

谢公最小偏怜女，嫁与黔娄百事乖。
顾我无衣搜画箧，泥他沽酒拔金钗。
野蔬充膳甘长藿，落叶添薪仰古槐。
今日俸钱过十万，与君营奠复营斋。

昔日戏言身后意，今朝皆到眼前来。
衣裳已施行看尽，针线犹存未忍开。
尚想旧情怜婢仆，也曾因梦送钱财。
诚知此恨人人有，贫贱夫妻百事哀。

闲坐悲君亦自悲，百年都是几多时。

邓攸无子寻知命，潘岳悼亡犹费词。

同穴窅冥何所望，他生缘会更难期。

唯将终夜长开眼，报答平生未展眉。

有人把容若的悼亡词与元稹这三首诗相提并论，但是，它们虽然都是悼亡作品的典范，却貌似而神不相同。元稹所感怀的，更多的是一种感恩之情：回想妻子刚入门的时候，从显赫之家嫁入自己这个低矮的门庭，甘心陪自己过着清贫的日子，好容易自己时来运转作了高官，本可以报答妻子的恩情，让妻子过上富贵的生活，谁知道人鬼殊途，再没有补偿妻子的机会。通观三篇，意尽于此。元稹的爱情到哪里去了呢？答案是：早随着"待月西厢"的往事化作了一段不堪回首的孽缘。

悼亡诗首推元稹的《遣悲怀》，至于悼亡词，第一名篇则非苏轼《江城子·乙卯正月二十日夜记梦》（十年生死两茫茫）莫属：

十年生死两茫茫，不思量，自难忘。千里孤坟，无处话凄凉。纵使相逢应不识，尘满面，鬓如霜。

夜来幽梦忽还乡，小轩窗，正梳妆。相顾无言，惟有泪千行。料得年年断肠处，明月夜，短松冈。

这首《江城子》也常被人与容若的悼亡词并论，但是，苏轼在这里所流露出来的感情，更多的是对人世沧桑的感叹。情真意切虽然不假，爱情的迹象却依旧难寻。

元稹的《遣悲怀》三首和苏轼的《江城子·乙卯正月二十日夜记梦》十年生死两茫茫分别属于悼亡诗与悼亡词的第一经典，但我们若把它们理解为夫妻之间的爱情宣言，就犯了以今度古的错误，用现代的婚姻观念来解说古代的风土人情了。以前我在讲到宋代词人与歌伎的关系

■《豳风图·缝衣图》 清·吴求

的时候，曾经说过："歌伎们不但长得漂亮，而且多才多艺、能歌善舞，和文人士大夫很有共同语言，所以很容易摩擦出火花、产生出爱情。而嫁给文人士大夫的良家妇女却是严禁学这些东西的，夫妻之间只有义务和感情，而罕见会有爱情。这一点是我们现代人尤其值得注意的，否则的话，以现代价值观来衡量这些古人，把悼亡诗词理解为爱情的表现，那么我们在看到那些写出深沉悼亡诗的文人竟然又和歌伎缠绵起来，难免会怒从中来，痛骂这些人面兽心的古人。"

理解诗词不能脱离时代背景，这句话说来容易做来难。很多诗词的注本、赏析本对婚姻爱情的观念问题不加辨别，所以解说的基础自然偏了。我们只有晓得了这些背景，再读纳兰词，才会明白为什么纳兰词会在词史当中别具一格，才会明白为什么在悼亡诗词的典范之作里，容若这首《金缕曲》是那样的与众不同：因为词中所哀悼的夫妻之情既不是恩情，也不是共患难的人生沧桑，而是货真价实的、赤裸裸的爱情。现代读者很难理解的是：直接抒写婚姻生活中的爱情，这在古代士大夫的正统里是大逆不道的。

《世说新语》里有过一个著名的典故，是说荀奉倩和妻子的感情极笃，有一次妻子患病，身体发热，体温总是降不下来，当时正是十冬腊月，荀奉倩情急之下，脱掉衣服，赤身跑到庭院里，让风雪冻冷自己的身体，再回来贴到妻子的身上给她降温。如是者不知多少次，但深情并没有感动上天，妻子还是死了，荀奉倩也被折磨得病重不起，很快也随妻子而去了。

这个故事，在《世说新语》里被当作一个反面教材，认为荀奉倩惑溺于儿女之情，不足为世人所取。尤其是，婚姻应当合乎礼法，而爱情正是礼法的破坏者。容若却喜欢这个荀奉倩的故事，因为世人虽然把荀奉倩斥为"惑溺"，容若却深深地理解他，只因为他们是一样的人，是一样的不那么"理性"的深情的人。容若的《蝶恋花·辛苦最怜天上月》中，“不辞冰雪为卿热”一句用到的就是这个典故。

只此一点，容若就足以成为礼法社会中的异类。原因何在，大约就是王国维所谓的容若一方面浸淫于博大精深的汉文化，一方面仍然保留着马背民族的淳朴天真。

现在要讲的这首《金缕曲》，写在容若的发妻卢氏去世后的第三年。卢氏在十八岁那年嫁给容若，少年夫妻，欢情无极，但三年之后便死于难产。卢氏的死，对容若是一个极大的打击。如果以编年的顺序来读容若的诗词，很容易就会发现卢氏去世的那年是容若诗词风格的一个分水岭。苍凉取代了天真，佛龛取代了红烛，单是悼亡词，容若便写了几十首之多。

这首《金缕曲》是容若所有悼亡词中最感人的一首，也是整个诗词史上以爱情写进悼亡的第一典范。开篇“此恨何时已”，沉痛的一问，问自己，问苍天，背后的意思是在说：丧妻之痛从来不曾止歇，也永远不会止歇。

接下来描写忌日当天的景色：“滴空阶、寒更雨歇，葬花天气。”诗人写景，常常是借景抒情，写的既是实景，更是心情。“滴空阶、寒更雨歇”是说夜雨滴打在空荡荡的石阶上，雨渐停，声渐歇。“空阶滴雨”是一个诗人们相当爱用的意象，最为大家熟知的就是宋代词人蒋捷《虞美人》中的“而今听雨僧庐下，鬓已星星也。悲欢离合总无情，一任阶前点滴到天明”。名句的流传往往会使名句中特定的意象在后人的语言里也有了这一特定了的涵义，所以蒋捷之后的文人一看到空阶滴雨的意象，最自然的联想就是年华老去、茕茕独立、漂泊无依和苍凉复杂的人生经历。容若这里多了一个“雨歇”的意象，使听雨所表达的情绪发生了变化，多了一种难以言传的渐渐熄灭、渐渐走入空旷与黑暗的感觉。

“葬花天气”也是虚实互现的写法。卢氏的忌日是农历五月三十，正是落花时节。卢氏死时，不过二十一岁，一如盛开的花儿突然陨落。

"葬花"这个意象别人也不是没有写过，比如彭孙遹"风雨年年葬落花"，但只有到了容若笔下，才有了黛玉的那种气质。红学研究中一直流传着一个说法，认为《红楼梦》取材自纳兰容若的家事，容若就是贾宝玉的原型，证据也确实很多。我们大可以抛开那些繁琐的考据问题不论，却也能够发现纳兰词与《红楼梦》的许多情节大有相合之处。读纳兰词总会想到《红楼梦》，读《红楼梦》也总会想到纳兰词，不必学索隐派去作什么牵强附会，神采上的暗合总可以使人惊叹。

下句"三载悠悠魂梦杳，是梦久应醒矣。料也觉、人间无味"，意思很平常，无非是说妻子去世已经三年，自己对这个悲剧始终不能相信，但若说这只是一个悲伤的梦境，三年的时间也总该醒来了。妻子一去，人间便再没有了快乐，一切都变得索然无味。意思虽然平常，但正是这种直抒胸臆、不加雕琢的句子直接道出了众生共有的苦难，唯其平实，故而感人。我们每个人都会因为某人的离去而伤心难过，所谓时间是最好的疗伤药，也就意味着这种疗伤药从来不会马上见效。对于容若这种体质的人，时间这剂疗伤药必须用上很久才行。和卢氏的结合只有短短三年的时间，如果去问容若：这三年的快乐是否值得用一生的伤心来换，不知道他会怎样回答呢？既然人间无味，又该去哪里呢？

容若对后一个问题有过回答："不及夜台尘土隔，冷清清、一片埋愁地"，无味的人间还不如冷清的坟墓，因为坟墓好歹有尘土与世间相隔，把所有的愁怨都埋在了地下。"夜台"是说坟墓，坟墓因为把死者长埋地下，不见光明，所以被称作夜台。"埋愁地"字面上很好理解，尤其联系起上下文，是说人间不如阴间好，因为坟墓虽然冷清清，却可以把愁绪埋葬。这样理解并没有错，但"埋愁地"实则是个典故，出自《后汉书·仲长统传》。仲长统生性倜傥，不拘小节，是个著名的狂生，政府征召他做官，他却称病推辞，过着《逍遥游》一般的生活，乃至以仙道自期。仲长统作过一首四言诗：

大道虽夷，见几者寡。任意无非，适物无可。
古来绕绕，委曲如琐。百虑何为，至要在我。
寄愁天上，埋忧地下。叛散《五经》，灭弃《风》《雅》。
百家杂碎，请用从火。抗志山栖，游心海左。
元气为舟，微风为柂。敖翔太清，纵意容冶。

容若所谓“埋愁地”就出自这首诗里的“寄愁天上，埋忧地下”，表达的是一种悠然的出世之志。人间已无可留恋，或者隐居为山民，或者游心于海左。容若用到这个典故，是词句蕴涵有两层意思，一是直接断章取义，说坟墓就是埋愁之地，二是引起对仲长统诗句的联想，表达了一种在人间而离人间的生活态度。容若后来果然潜心佛典，无情正因为无法忘情。

上片的结尾，“钿钗约，竟抛弃”，呼应开篇的“此恨何时已”，《长恨歌》的意象便呼之欲出了。钿和钗都是女子的饰物，唐玄宗和杨贵妃以钿钗寄情，即是白居易笔下的“唯将旧物表深情，钿合金钗寄将去。钗留一股合一扇，钗擘黄金合分钿。但教心似金钿坚，天上人间会相见”。只是物是人非，钿钗虽在，山盟海誓虽在，深情虽在，人却阴阳悬隔，再深沉的誓言便也幻作烟云字了。人力终究无法回天，这样的伤痛，无可奈何。

“重泉若有双鱼寄。好知他、年来苦乐，与谁相倚”，下片转折，重泉即九泉，双鱼即书信，这是设想幽冥之中能否互通音讯。通了音讯，也好知道妻子在那里是否孤单，可否有人陪伴、有人依靠。

这一句问得很是深情。有人以为这样的句子只有容若才能写出，其实这话只说对了一半。唐代诗人张说有一个组诗《伤妓人董氏》，四首如下：

（其一）董氏娇娆性，多为窈窕名。人随秋月落，韵入捣衣声。

（其二）粉蕊粘妆簏，金花竭翠条。夜台无戏伴，魂影向谁娇。

（其三）旧亭红粉阁，宿处白云关。春日双飞去，秋风独不还。

（其四）舞席沾残粉，歌梁委旧尘。独伤窗里月，不见帐中人。

这个组诗是怀念一位姓董的歌伎的，如果把标准放宽一些，这也能算是一组悼亡诗。（悼亡诗所谓悼亡，对象仅限于自家妻子。）多才多艺、温柔可人的董姑娘去世了，张说忧心她“夜台无戏伴，魂影向谁娇”，幽冥之地孑然一身，自然无人欣赏她那妖娆的魂影。此时此地，人间寥落，死者已矣，生者独自神伤。张说开篇的语句虽然略嫌轻浮，越写下去却越是深挚。但这一组诗并不出名，在现在的唐诗爱好者当中更少有人知。而这样的修辞，这样的表达方式，被容若用来，“重泉若有双鱼寄。好知他、年来苦乐，与谁相倚”，语言更平实，艺术的力量却与张诗不可同日而语。个中缘由，除了才情的差异之外，张诗写给歌伎，纳兰词怀念发妻，情绪的来路便是两样的。

怀念而无望，于是“我自终宵成转侧，忍听湘弦重理”。所谓湘弦，也是含有虚实两重意思。楚辞《远游》有“使湘灵鼓瑟兮，命海若舞冯夷”之句，此后诗词多以湘弦代指琴弦或弹琴。容若和卢氏的闺房之乐，音乐唱和便是其中的一项。如同张敞画眉一样，容若也一天天地为妻子调琴；而“湘弦重理”又暗示着当时有让容若续弦的提议，虽然妻子已经去世三年，但这样的提议仍然让容若无法接受。词中之“忍”即是“不忍”，这在古文语法中一般被称为反训（这问题细讲起来还有些复杂，怕大家不爱看，还是略过好了）。

辗转相思，不忍续弦，还想和妻子再结来生缘，是谓“待结个、他生知己”。这句话虽平常却不简单，不把妻子当作家中的女主人或贤内助看待，而是视她为知己。我们要知道，这对古人来说是个难能可贵的观念，浸淫在儒家礼教中的知识分子很难说出这样的话来。容若的词之所以成为一代高峰，不仅因为艺术上的成就，也因为思想上的见地。这一点，又与《红楼梦》大有暗合，后者把本属于从属地位的女子抬高到与男子并列、甚至还高出男子一筹的程度，在当时是很不简单的。纳兰容若和曹雪芹都不是思想家，对思想领域也都缺乏探索的热情，却不约而同地在这个领域里踏出了超前的一大步，原因只在一个情字——他们都是把情置于传统礼教与社会习俗之上，也就是说，把情作为了最高的判断标准，而习俗只是一时一地的观念，情却是普世的、永恒的，所以他们的作品才能是普世的、永恒的。

至此，在一般人看来，容若对亡妻的感情到达“待结个、他生知己”这一步应该算是到达极限了，而对容若来说却不是这样。他心中存了这个期盼，虽然只是一个不切实际的期盼，只是一个仅仅可以慰藉自己情绪的期盼，他却对此无比执着着、认真着，因为太执着、太认真，自然关心则乱，生出了种种“不必要”的担忧，这便是“还怕两人俱薄命，再缘悭、剩月零风里”。这两句化自晏几道的“欲将恩爱结来生，只恐来生缘又短”，但深情大有过之。容若在此担忧的是，纵然自己和亡妻当真结了来生之缘，来生若再如今生一般，短暂的快乐之后便成永诀，脆弱的身心又怎能承受那凄凄凉凉的剩月零风呢！想到这里，思路一转，笔锋一转，从内心世界回到了现实，把万千感情归结为一句实景：“清泪尽，纸灰起”。眼泪流尽，为妻子烧的纸也烧尽了，只有纸灰随风飞起。

从写作手法来讲，这叫做以景结情，以一个特定的意象收尾，给人以相关的联想，言尽而意不尽。中国古典诗词一向以塑造意象见长，这是和西方诗歌最本质的一个区别。美国一些当代诗人从中国古典诗词那里取经，这才有了意象派的繁荣，搞得中国当代诗人再从美国取经，绕了一个大弯。

容若最令人感动的作品中，一大比例都是悼亡词，著名的还有《浣溪沙》（谁念西风独自凉）：

谁念西风独自凉。萧萧黄叶闭疏窗。沉思往事立残阳。

被酒莫惊春睡重，赌书消得泼茶香。当时只道是寻常。

再如《蝶恋花》（辛苦最怜天上月）：

辛苦最怜天上月。一昔如环，昔昔都成玦。若似月轮终皎洁。不辞冰雪为卿热。

无那尘缘容易绝。燕子依然，软踏帘钩说。唱罢秋坟愁未歇。春丛认取双栖蝶。

这两首，已在上本书中讲过，此刻结合容若悼亡词中最深情沉郁的这首《金缕曲》，当会读出更深的一层感受吧？

对这首《金缕曲》，还值得一提的是容若最知己的好友顾贞观的一首步韵之作。诗人步韵，本来是互相酬唱，既是如下棋一般的诗艺竞技，又是一种文人圈子里的社交手段，所以大家可以借诗词唱和来互勉、来咏物，而悼亡诗词自然是鲜有唱和的。但到了明、清两代，此类和作乃至代人悼亡的作品大量出现，也算是诗坛的一大奇观了。代人悼亡如同代人哭丧，落在诗词上，自然少了诗词作品最少不得的四个字：真情实感。但顾贞观毕竟与容若极为知心，也是一位性情中人，更是清代词坛顶尖的一位国手，成就本不在容若之下，他来步韵唱和，作品自然可观：

好梦而今已。
被东风、猛教吹断，药垆烟气。
纵使倾城还再得，宿昔风流尽矣。
须转忆、半生愁味。
十二楼寒双鬓薄，遍人间、无此伤心地。
钿钗约，悔轻弃。

茫茫碧落音谁寄。
更何年、香阶刬袜，夜阑同倚？
珍重韦郎多病后，百感消除无计。
那只为、个人知己。
依约竹声新月下，旧江山、一片啼鹃里。
鸡塞杳，玉笙起。

这首词里，上片“十二楼寒双鬓薄”一句曾经被人抓住，认为和红楼十二钗大有关联，由此凿实《红楼梦》的容若原型说。其实两者虽有关联，但这关联并不那么扎实。

“十二楼”在《史记》和《汉书》里都有提到，大略就是方士所谓的仙人居所，是为“五城十二楼”。后来李白为了写诗押韵，颠倒了一下词序：“天上白玉京，十二楼五城。仙人抚我顶，结发受长生”。古龙在《七种武器》里用到过这首诗，大概是为了顺嘴，把“十二楼五城”改作了“五楼十二城”，这是大家都知道的版本。归根结底，讲到五城十二楼的时候，意思是指仙家。顾贞观“十二楼寒双鬓薄，遍人间、无此伤心地”，正是天上与人间对举。《红楼梦》所谓金陵十二钗，一方面应当也出自“五城十二楼”的典故，把十二钗认作仙女；一方面“十二”这个数字在汉人的迷信里叫做“天之大数”，这应当就是

《史记》、《汉书》所载“五城十二楼”在数字上的由来。

这推论还应该继续下去吗？——也许到此为止才是最合适的。理解文艺作品，艺术感悟虽然重要，小心求证才是第一步；求证虽然重要，但最怕的不是力有未逮，而是求之过深。虽然那些求之过深的说法往往容易吸引眼球，可以充分刺激三姑六婆们伟大的八卦情怀，但文艺也如生活，常是平平淡淡才是真呀。

附记：卢氏与黛玉

这里就要谈一个有影子、却无实据的八卦。

卢氏是纳兰容若的第一任妻子，她的父亲是两广总督卢兴祖。时值康熙初年，鳌拜和苏克萨哈两党争权，卢兴祖站错了队，跟了苏克萨哈，在靠山倒台之后遭到革职，随后便按八旗制度的规定，携家从两广迁回北京。到京不久，卢兴祖就病死了。

卢氏一路随父亲北上，有人以为这就是容若《茉莉》诗中所记的“南国素婵娟，春深别瘴烟”，一位素丽的南方美女在春深时节随家北上，如同《红楼梦》中的林黛玉一样。

■《豳风图·八月剥枣》 清·吴求

但是有情皆满愿，更从何处著思量

——《浣溪沙》（抛却无端恨转长）

抛却无端恨转长，
慈云稽首返生香。
妙莲花说试推详。

但是有情皆满愿，
更从何处著思量。
篆烟残烛并回肠。

在前边那首《金缕曲》里，容若发出了“料也觉、人间无味”的叹息。这一叹，悠悠然就是整个后半生。纳兰词的研究者们普遍认为，康熙十五年（1676年）是容若人生的转捩点，也是他的词风的转捩点。这一年的七月，卢氏去世，灵柩停在双林禅院一年有余，迟迟不忍下葬。

这里要介绍一下古代礼制。中国素称礼仪之邦，灵柩的停法本来是很有讲究的。按照周礼，人死之后不能马上入土，灵柩先要在家里放上一段时间，意思是表达生者对死者的留恋之情。这段停灵的时间被称为“殡”，供人凭吊，到一定天数之后再抬出去埋，我们所谓的“出殡”

就是从这儿来的。停灵的时间也有规定，天子身份最最贵，所以停灵时间最长，其他人等而下之。宋代以后，主要实行的是朱熹根据周礼改订的《朱子家礼》，停灵的时间被规定在三个月。古人经常不愿意把死者及时下葬，一拖再拖，究竟能拖多久呢，甚至能拖到家里人根本忘记灵柩放在什么地方了。为什么会出现这种情况，原因很多，一个主要原因是风水思想的流行，大家都觉得只要给家里的死者埋在一处好风水，活人就能家业兴隆、子子孙孙享福不断。但好风水又不是说找就能找到的，最大的麻烦是：风水先生你说你一套、我说我一套，听着都有理，但你也搞不清到底谁说得对。所以，用礼制来规范丧葬时间，这是很有利于社会稳定的。明白了这些背景，我们就知道容若把妻子停灵一年多，严格说来已经不合礼制了。

感情超越一切，无论如何，容若就是长时间地守在这里，眼看着佛灯明灭，耳听着梵音经唱。他本来并没有学佛的意愿，却因为妻子的死，因为长期在禅院里的流连，思想与性情便真的被佛家世界深深地攫住了。

我们看容若的作品，他的词集原本题为《侧帽词》，用的是北朝独孤信的典故：独孤信姿容绝代，大为时人所慕，一天他出城打猎，回来的时候不小心被风吹歪了帽子，独孤信要急忙赶在宵禁之前回城，并没有留心到这个小小的细节。等到第二天，城里却突然出来一件怪事：满城的男子们尽是歪戴帽子的造型，流行就是这样，比风吹得还快。

容若词集用独孤信侧帽的掌故，正是贵公子风流自赏的姿态，但其后却更名为《饮水词》，取的是禅宗话头“如鱼饮水，冷暖自知”的意思。这个时候，容若的心已经和世界产生了隔阂，自家心事自家知，词作虽然流传，知音又有几人？他也不在意外界的评价了，侧帽风流的时代已经成为过去，尽管举国上下仍然传唱着自己的词作，但那又如何呢，容若依然是孤独的。

我们看容若的名号，他自号楞伽山人，“楞伽”在佛教信仰里真有其山，佛陀进楞伽山讲说佛法，于是有了著名的《楞伽阿跋多罗宝经》，即《楞伽经》，成为中土禅宗的早期经典。达摩把这部经书传给慧可，开启了中土佛教“楞伽师”的时代，此后传到弘忍和慧能，经典才发生了改变，中土禅宗才算真正定型。

《楞伽经》带来的是禅定的方法。达摩所谓壁观、面壁，其实就是坐禅，也就是修炼瑜伽。这个时候，达摩带来的禅和禅宗意义上的禅完全是两码事。当然，达摩练的瑜伽和张惠兰的瑜伽也是大不一样的，至少在目的上，一个是为了终极真理，一个是为了强身健体。

禅，在达摩那里只是一种静坐冥想的修炼方法，那么，他所修炼的教义又是什么呢？——很简单，只有一部经书，就是四卷本的《楞伽经》。达摩很直率地告诉大家：别的经都不必念了，就一门心思念这部《楞伽经》就好。

达摩的这种禅定法门后来被慧能大加挞伐，提出了“禅不能坐”的著名口号，引发了一场意义深远的宗教改革。但坐禅的法门并没有就此废掉，反而和慧能禅法并驾齐驱，到了清代仍然是佛门最流行的一种修行方法。容若耽于亡妻之痛，万念俱灰之下自然不可能去学慧能一系的禅法，既然总是在佛灯和梵唱里呆呆地出神，或许久而久之便也开始尝试依靠禅定来分散心头的创痛，结上了《楞伽经》的佛缘。梁佩兰在《挽诗》里这样写道：“佛说楞伽好，年来自署名。几曾忘夙慧，早已悟他生”，正是对容若以楞伽为字号的一个诗意的解说。

容若这首《浣溪沙》（抛却无端恨转长）就是在这样的背景下写成的。

“抛却无端恨转长，慈云稽首返生香”，这是说想要抛开无端的烦恼，却平添了更多的幽怨，只一心在佛前跪拜，求佛大发慈悲，使自己的妻子死而复生。

“慈云”一词是佛家语，在佛经里很常见的，因为佛家称佛的慈悲如大云覆盖世界，容若用在这里，代指佛祖。

“稽首”是一种跪拜礼，至少从周代就有了。“返生香”是个典故，题为东方朔写的《海内十洲记》讲到：聚窟洲有一座神鸟山，山上有返魂树，如果砍下这种树的树根和树心，在玉釜里煮成汁、煎成丸，就是所谓的惊精香，也叫返生香。埋在地下的死者一闻到它的香气就会复活，复活之后就再也不会死去了。

容若这两句词的涵义是：不管怎样想抛却烦恼，烦恼只是越斩越多，便只有祈求佛祖慈悲，把返生香赐给自己，好让亡妻能够复生。我们要知道，在此之前，容若并不亲近佛门，他一方面大受儒家文化的熏陶，少年立志经邦济国，一方面秉承满族传统，弓马娴熟，武艺高超，是一个文武兼资的人物。加之家世显赫，在政治上自然前途无量。一个人在处境顺利、前途光明的时候，很少有投身宗教的念头，只有在受了打击、经了挫折之后，无处可以排遣，无处可以依靠，眼前便只有宗教一途了。

恰好，清代虽然不是佛法繁荣的时代，却是一个佛教泛滥的时代，全国寺庙数量远超前代，以禅宗和净土宗为最盛。这两派的流行是非常合乎逻辑的：相比于其他宗派，这两派并没有令人望而生畏的理论深度和复杂玄妙的教义，易于被老百姓接受。容若此时的处境，也不可能去钻研唯识学那样的佛理，只围着自己的愿望与忧伤打转，稽首慈云之后，便是“妙莲花说试推详”。

所谓“妙莲花”，指的是《妙法莲华经》，简称《法华经》。“花”就是“华”，汉字里本来没有“花”字，“花”是后起的俗字，后来约定俗成，才在“花”这个义项上取代了“华”。《法华经》属于大乘佛教，本是天台宗的主要经典，部头很大，理论体系也比较复杂。复杂的东西永远会被人民群众抛弃，所以《法华经》真正对世人发生影响的只是其中的《观世音菩萨普门品》，这是中土佛教中观世音信仰的主要源头。

《法华经·观世音菩萨普门品》中，无尽意菩萨向释迦牟尼请教，观世音菩萨为什么名为观世音，释迦牟尼作了一番非常详细的说明（我简单翻译一下）：“如果有无量百千万亿那么多的众生，他们遭受到种种苦恼现在听说过观世音菩萨之后，只要一心称念他的名号，观世音菩萨就会立即观察到这音声，使那些身处苦恼的人都得到解脱。如果有人奉持称诵观世音菩萨的名号，那么即使他不幸陷入大火之中，大火也不能将其烧着，这是因为此菩萨有大威力大神力的缘故。假如有人不幸被大水卷走，只要他有称念观世音菩萨的名号，他就能很快到达浅处。假如有百千万亿那么多的众生，为了寻求金、银、琉璃、砗磲、玛瑙、珊瑚、琥珀、珍珠等宝物，乘船进入大海，即使正好碰上狂风，将其船只吹到罗刹鬼国，如果其中有人，甚至仅仅一人，称念观世音菩萨的名号，那么所遇难的人都能从鬼国中解脱出来。因为这种因缘，所以就称其为观世音菩萨……”

观世音为什么叫观世音，还存在着好几种解释，一种比一种深刻，但精通梵、汉双语的玄奘在西行之路上发现：这分明是对梵文的误译，正确的意译应该是“观自在菩萨”。但无论如何，《法华经》里的这位观世音菩萨最得世人的喜爱，因为你不管遇到什么苦难，不管遭受着多大的烦恼，只要念诵观世音的名号，观世音菩萨就会到你身边，立刻为你解决问题。容若这里的“妙莲花说试推详”应当就是在推详《法华经》中关于观世音菩萨的这段内容，证据就在下片的两句对仗：“但是有情皆满愿，更从何处著思量”。

“有情皆满愿”语带双关，原意是一切众生都能如愿，引申义反而用了字面上的涵义，是说有情人只要许愿，总能如愿。的确，《法华经》就是这么说的，言之凿凿，但当你真的去求、真心去求，死人却从来没有复活过。

老百姓生活中的大乘佛教主要只有两个内容，一是每天念诵阿弥陀佛，求得临死的那一刻得到阿弥陀佛的接引，往生西天极乐世界；一是有困难就找观世音菩萨，无论求财、求子、求平安，有求必应。西天极乐世界很难证实，自管去信也就是了，但现实中的苦难从来都数不胜数，念诵观世音名号的人自然很多，也许观世音菩萨真的帮过世人很多，但容若此刻难免产生怀疑：《法华经》明明讲到观世音菩萨神通广大、有求必应，自己又这么心诚，求的也不是坏事，为什么菩萨就不能满足自己的愿望呢?

这实在是信仰领域里的一个普遍问题。《福音书》也讲上帝对世人有求必应，给人以莫大的安慰，而《雅各书》又出来解释为什么会有“求而不应”的情况，说这是因为人们妄求。妄求也好，不妄求也罢，人到了走投无路的时候还能作什么呢？容若因为妻子的死，完全一副病急乱投医的心情。既渴望佛菩萨慈云广布、救苦救难，又眼睁睁地看着妻子的灵柩在禅院里放了一年也毫无奇迹发生，由此对佛祖的话、观世音菩萨的神通也隐隐地产生了一些质疑。我们仔细体会这两句“但是有情皆满愿，更从何处著思量”，患得患失的神情溢于言表。

这两句本是化用自王次回的诗“但是有情皆满愿，妙莲花说不荒唐”，王诗的意思是说，看到众生都能如愿，才晓得《法华经》里观世音菩萨有求必应的说法并不荒唐。容若把第二句改掉了，《法华经》荒唐不荒唐，他心里应该也在打着鼓呢。

焦虑之情没有着落，心情百转千回，惶惑无助。这样的情态，便是词的末句“篆烟残烛并回肠”。

“篆烟”是说香火燃烧，烟在空气中抖动，有如画出了篆字，也可以理解为香火烧尽时香灰的形状如同篆字。残烛留下了融化的、凸凹起伏的残蜡，和篆烟一样，和容若的心情一样，起伏不平。

通观全篇，一个凄惶的、忐忑的多情种子跃然纸上。他的一切都围绕着亡妻——因为她的死，他在佛门中寻找灵药；因为遍寻不获，他对佛经和菩萨也隐隐有了疑惑和埋怨。他并不是一个合格的信徒，只是一位深情的丈夫。

衔恨愿为天上月，年年犹得向郎圆

——《沁园春》（瞬息浮生）

丁巳重阳前三日，梦亡妇淡妆素服，执手哽咽。语多不能复记，但临别有云："衔恨愿为天上月，年年犹得向郎圆。"妇素未工诗，不知何以得此也。觉后感赋。

瞬息浮生，薄命如斯，低徊怎忘。
记绣榻闲时，并吹红雨；雕阑曲处，同倚斜阳。
梦好难留，诗残莫续，赢得更深哭一场。
遗容在，只灵飙一转，未许端详。

重寻碧落茫茫。
料短发，朝来定有霜。
便人间天上，尘缘未断；春花秋叶，触绪还伤。
欲结绸缪，翻惊摇落，减尽荀衣昨日香。
真无奈，倩声声邻笛，谱出回肠。

这首《沁园春》（瞬息浮生）是纳兰词长调里的名篇，前人激赏的有很多，但现代人恐怕不一定能马上读出好处来。这首词，读起来首先会觉得拗口，这就得稍微讲一点音律了。《沁园春》押的是平声韵，也就是说，韵脚的字，声调不是一声就是二声，没有三声和四声。依照《平水韵》，第一句“低徊怎忘”的“忘”这里应该读成阳平，也就是二声，“赢得更深哭一场”的“场”也读二声。这样来读，韵脚就很流畅了。

诗词押韵，规矩是很严格的，词律更比诗律复杂。简单来说两句，我们知道，语言是发展变化的，时代变了，文化中心的地域变了，语音也会变，所以唐宋时候的人就已经困惑于《诗经》为什么常常不押韵了，而元明清的人又很难再押上唐宋的韵了。但是，诗词的一个重要作用就是为知识分子们搭建社交平台，这就要求诗词格式的标准化，大家不能因为自己的时代和方言而各押各韵，但语音毕竟变了，怎么办呢，就得死背韵谱。所以，尤其在明清时期，学习写诗要经过严格的修炼，生生要把韵谱背下来才行，否则真要押错了韵、弄错了音律，那是会被别人笑话的。

我们看容若这首《沁园春》，韵脚忘、阳、场、详、茫、霜、伤、香、肠，全在《平水韵·下平·七阳》，而在我们看来也能押上韵的江、窗、邦、缸却属于上平三江韵。这些东西，古人必须搞得很明白，现代人自然懒得下功夫了。

但是，对于清朝人来说，毕竟和唐宋的语音有了很大的差别，更要命的是，清初词人所依据的词谱主要是张南湖的《诗徐图谱》和程明善的《啸徐谱》，质量不高，错误很多，而清代的经典词谱《词律》刊于康熙二十六年，《御定词谱》刊于康熙五十四年，容若都没赶上。我们再看这首《沁园春》，如果依照王力《汉语诗律学》，“低”、“徊”、“时”三个字都该换作仄声字。

其实明清人这样研究词律未必走对了路，何况这时候词基本已经不再拿来唱了，索性按诗律也就是了。但还有一个难题，就是结构。填词，长调比小令要难很多，因为篇幅突破一个界限之后，就会由量变而

■《历朝贤后故事图》 清·焦秉贞

质变，词的手法、结构等等完全不一样了。这就像同样是开店，如果一个人能把街头的夫妻店搞好，未必就同样能够搞好一家大型商城，因为这两者从管理方式到售卖方式完全是不一样的，成功经验无法移植。我们看晚唐和五代的词，短小精悍，如同水墨小品，而这样一种艺术形式到了北宋已臻完善，需要有人来别开一番新局面了。北宋词坛四大家里，晏殊和欧阳修都擅长小令，张先能写一些长调，但读起来的感觉总不舒服，细一捉摸，就会发现他是在以小令的手法操作长调，虽然字数能凑齐，但写出来就像一幅水墨小品被放大了十倍，硬生生把齐白石的一棵白菜等比放大成了《清明上河图》。

长调手法的成熟主要该归功于柳永，发展到纳兰容若这里，手法更臻娴熟。长调既要曲折，又要流畅，这篇《沁园春》之所以成为名篇，一大原因就是它在表现手法跌宕起伏、一波三折，让思念与忧伤永远纠缠着作者的心，也纠缠着读者的心。

这首词写于康熙十六年九月初六，如词前小序所述，在重阳节前三天，卢氏已经离世三个多月了。容若再梦中不知第几次地又见到了妻子，只见她淡妆素服，任自己握住双手，相对哽咽。这一次梦中的见面，说了许多许多，但醒来后全不记得了，只记得临别时妻子赠给自己一句诗："衔恨愿为天上月，年年犹得向郎圆。"妻子本不擅诗，不知道怎么写出这样的句子。容若越想越是感叹，便填出了这首《沁园春》。

"衔恨愿为天上月，年年犹得向郎圆"，这自然是容若日有所思、夜有所梦。自己思念妻子，也设想着妻子正在如何地思念着自己。月亮虽有阴晴圆缺，虽然缺多圆少，毕竟总有团圆的时候，总让人有着对团圆时候的期待，人生却残酷得多，阴阳相隔便成永诀，断了期盼，只有忧伤。

"瞬息浮生，薄命如斯，低徊怎忘"，开篇便是叹息妻子的早逝，红颜自古多薄命，三年的快乐换来了一生的伤心。越伤心便越回忆，“记绣榻闲时，并吹红雨；雕阑曲处，同倚斜阳”，当初相依相偎的日子，在绣榻上同玩桃花，在阑干的转角共赏夕阳。这些平淡的快乐，在永远失去这些快乐的人的眼中显得那样的珍贵。

这里的“红雨”存在两种可能的解释，一是指落花如雨，二是特指桃花。诗人的创作有很多套语在，沈义父《乐府指迷》有过一个归纳，说遣词造句一定要精炼才行，还得含蓄，要说“桃”不能直接说破，得用“红雨”、“刘郎”来代，说“柳”就得用“章台”、“灞岸”这些字眼，说“书”要用“银钩空满”，说“泪”要说“玉箸双垂”。总之，怎么装蒜怎么来，不如此则不足为小资。所以，容若这句词如果转到现代语境，大约会是这样的：因为爱她，所以带她去吃哈根达斯，又捧着两杯炭烧蓝山，一起去看德刚·郭的Xsh Show，一种新古典主义的舞台喜剧。

至于“并吹红雨”，桃花为什么要“吹”，这首先和词前小序“重阳节前三日”有关。重阳节也叫吹花节，胡翼龙《满庭芳》有“吹花题叶事，如梦里、记得依然”，是回忆当初重阳节的郊游吟咏，容若和卢氏应该也有过这样吹花题叶的日子，而今又是重阳，自然倍添伤感。再者，“吹花”最源头的用法也许要算是温庭筠《南歌子》里的“扑蕊添黄子，呵花满翠鬟”。这是描述一位女子精心梳妆打扮，在十五月圆之夜让情郎欣赏自己的容貌。开头两句“扑蕊添黄子，呵花满翠鬟”，一个扑蕊，一个呵花。

“扑蕊添黄子”，黄子，就是女子脸上的妆饰，额间一点黄，即“对镜贴花黄”的“花黄”，而这个黄，也许是取花蕊的颜色，也许就是取自花蕊本身，是为“扑蕊”。

“呵花满翠鬟”与上一句形成对仗，词义自然可以参照来看。这句是说把花呵一下然后插在头上。为什么要呵一下呢？因为花瓣原本的形状也许不大让人满意，要么就是开得还不够舒展，所以用嘴吹气，把花瓣吹成自己想要的样子。这个呵花，就是吹花。容若另有一首《浣溪沙》写过“十八年来堕世间，吹花嚼蕊弄冰弦”，我在上本书里详细讲过，对“吹花”的典故也作过详细的辨析，希望能正诸家注本之失。

回头再看“记绣榻闲时，并吹红雨；雕阑曲处，同倚斜阳”，这个句子值得多读几遍，因为它是《沁园春》这个词牌里的典型句式，有一种独特的修辞之美、音律之美。“绣榻闲时，并吹红雨”和“雕阑曲处，同倚斜阳”构成了一组对仗，前边又以“记”字打头，把对仗的工整结构稍稍破了一些，尤其是这个位置上的字必须要用仄声字，于是整句读起来时便是先往下一顿，句式形成前一后八的结构，后边八个字的对仗又分成四个短句，先是到“时”字一扬，再到“雨”字一顿，由此顺势对出下联，“处”字一顿，“阳”字一扬，构成了一波三折、抑扬顿挫的声音效果。

这种句子，脱胎自六朝骈文。接下来又是一个对仗与散体结合的句子：“梦好难留，诗残莫续，赢得更深哭一场”，这里的“诗”，说的就是在梦中卢氏临别时赠给容若的那句“衔恨愿为天上月，年年犹得向郎圆”。只有两句，要不要续成全诗呢？既然人生已经是残缺的，既然好梦也已经一去不返，诗，就也由着它残缺下去吧。这里体现的是一种深深的无奈和慵懒，所谓哀莫大于心死，正是这种情形。自己所能作的，只是在夜半更深的时候痛哭一场，但哭又能挽回什么呢？又想起梦中妻子的模样，但那梦去得太快，妻子的身影仿佛只如惊鸿一掠，让自己来不及仔细端详。

“灵飙”是指轻灵的风，这里比喻妻子在梦中的身影。其实，词前小序已经说过“语多不能复记”，但容若还是觉得“只灵飙一转，未许端详”，看着深爱的妻子，也许看多久都觉得只是一瞬。

下片转到了梦醒，回到了现实。“重寻碧落茫茫”，出自《长恨歌》“上穷碧落下黄泉，两处茫茫皆不见”。唐明皇委托方士上天入地寻找杨玉环的魂魄，结果天上人间茫茫不见，容若寻找爱妻，一样了无头绪。忧伤处，料定明天一早又会在镜中看到许多新生的白发，“料短发、朝来定有霜”。想到这里，心中又生出万千感慨，心思深处，百转千回：“便人间天上、尘缘未断；春花秋叶，触绪还伤”，虽然阴阳悬隔，但缘分应该未断，不然又怎会在梦中如此深情地相聚呢，转眼春花秋叶一年过去，无时无刻不令人触景生情。这一句，又是一个对仗，和上片“记绣榻闲时，并吹红雨；雕阑曲处，同倚斜阳”同样的句式，形成了一个呼应。

接下来“欲结绸缪，翻惊摇落”是一个流水对，所谓流水对，是一个对仗形式上看虽然是两句话，但从意思上看，却是前后衔接的一句话，比如“才从巴峡穿巫峡，便下襄阳向洛阳”，“请看石上藤萝月，已映洲前芦荻花”。

“绸缪”形容夫妻的恩爱，“摇落”形容草木凋零，从“欲结”到“翻惊”又构成一个转折，托出“减尽荀衣昨日香”，说自己形容憔悴，丰神不再。“荀衣”是个典故，据说荀彧很注重个人仪表，每到人家作客，所坐之处接连几天香气不绝。后来人们便以“荀衣”、“荀香”或“荀令衣香”来比喻人的风流倜傥或花的异香扑鼻。有自恋倾向的文人常常用这个典故，还有沈腰潘鬓一类的典故，来形容自己的憔悴。

词到结尾，“真无奈，倩声声邻笛，谱出回肠”，思念与忧伤的千头万绪，到最后只是一声叹息。这时候的容若，空有显赫家世，空有文武艺业，空有倜傥丰姿，空有一腔爱恋，却半点也使不上力气。

“邻笛”是个典故，晋人向秀经过友人旧宅，听到邻人吹笛，感叹友人之死，写下一篇《思旧赋》。容若用到这个典故，是以邻家的笛声衬托自家的哀怨。这一句，早些的刻本写作“真无奈，倩声声檐雨，谱入回肠”，有研究者以为这样写才更加自然，若是把“檐雨”换作“邻笛”，“入”换作“出”，一来夜半闻笛不太现实，二来吹笛者恰好也有丧妻之痛就更不现实，这就是以辞害意了。

容若填词非常认真，并不像一般人以为的那样灵感所至、一气呵成，人家也要反复琢磨、反复修改的，所以后出的版本常会对以前的词作雕琢润色。单以这首《沁园春》来看，“并吹红雨”有版本作“无衫不泪”，“雕阑曲处，同倚斜阳”有版本作“几年恩爱，有梦何妨”，“梦好难留，诗残莫续”有版本作“最苦啼鹃，频催别鹄”，如是者多达十余处，真应了一句老话：天才也要靠勤奋的。

至于这个“邻笛”，我曾在讲纳兰词中“谁家玉笛韵偏幽”一句的时候说过，诗人的话别都当真，像“玉笛”这种词语，仅仅是源远流长的一种诗人语言——比如，同样听到不知从哪里传来的笛子声，如果你想表达君子情怀，那就说“玉笛”；如果你想表达乡野之情，那就说“竹笛”；如果你想表达豪客沧桑，那就说是“铁笛”；如果你写武侠小说，那就写成“金笛少年”。

只有笛子是真的，那些玉、竹、金、铁一般都只是诗人为塑造意境而主观加上的修饰，不可当真。就诗人们而言，这些修饰都是意象符号，是一种传统的诗歌语言。容若在午夜梦回的时候听到邻家凄怨的笛声，这恐怕只是他表达心境的一种想像之辞。古人没有什么夜生活，笛子的声音又那么尖利，真要有人半夜吹起来，邻居非但没法无奈回肠，恐怕还要举报扰民的。

最后说说，这首词好，到底好在那里。——如果要对小资讲呢，就可以说它情真意切、如泣如诉，卢氏似乎耗尽了容若生命中所有的激情和失望，使他丧失了大部分爱人的能力，感觉到自己的无能为力，或者诸如此类的什么；如果要对诗词爱好者来讲，可以说这首词的好，主要就好在结构上。我们来重新从结构上梳理一下：【感叹】瞬息浮生，薄命如斯，低徊怎忘。【回忆】记绣榻闲时，并吹红雨；雕阑曲处，同依斜阳。【记梦】梦好难留，诗残莫续，赢得更深哭一场。遗容在，只灵飙一转，未许端详。【寻梦】重寻碧落茫茫。【自伤】料短发、朝来定有霜。【思念】便人间天上、尘缘未断；春花秋叶，触绪还伤。【心愿与现实】欲结绸缪，翻惊摇落，减尽荀衣昨日香。【叹息】真无奈，倩声声邻笛，谱出回肠。

小令看才情，长调看功力。这首词当真把《沁园春》这个长调词牌的特点发挥到了极致。

是耶非耶

——《沁园春·代悼亡》（梦冷蘅芜）

梦冷蘅芜，却望姗姗，是耶非耶。
怅兰膏渍粉，尚留犀合；金泥蹙绣，空掩蝉纱。
影弱难持，缘深暂隔，只当离愁滞海涯。
归来也，趁星前月底，魂在梨花。

鸾胶纵续琵琶。
问可及，当年萼绿华。
但无端摧折，恶经风浪；不如零落，判委尘沙。
最忆相看，娇讹道字，手剪银灯自泼茶。
今已矣，便帐中重见，那似伊家。

这首《沁园春》（梦冷蘅芜）有人说是纳兰词的代表作之一，是用血泪熔铸的一首感人至深的作品，我个人则倾向于相反的意见：这首词充满陈词滥调，不过是个平庸之作。

这里之所以还要介绍这个平庸之作，是因为一方面它可以反映一下清代词坛的一种风气，即代别人写悼亡诗，为别人家的丧事抒发哀痛之情，一方面也可以展示一下所谓悼亡的陈词滥调都是些什么，是怎样使用的——也就是说，这对我们了解诗歌套语能有很好的帮助。再者，一个好作品到底好在哪里，通过讲讲坏作品由到底坏在哪里往往更能让人体会明白。

词题《代悼亡》，但我们已经无法知道容若这首词到底是代谁而作的，也不知道写作时间。首句“梦冷蘅芜，却望姗姗，是耶非耶”用的是汉武帝的两则典故，其一，据说李夫人死后，汉武帝思念不已，一次梦到李夫人赠给自己蘅芜之香，惊醒之后，香气犹在衣枕之间，几个月过去也不见消散。“蘅芜”本是香草的名字，《红楼梦》里，薛宝钗住的地方叫做蘅芜苑，这里“忽迎面突出插天的大玲珑山石来，四面群绕各式石块，竟把里面所有房屋悉皆遮住，而且一株花木也无。只见许多异草：或有牵藤的，或有引蔓的，或垂山巅，或穿石隙，甚至垂檐绕柱，萦砌盘阶，或如翠带飘飘，或实若丹砂，或花如金桂，味芬气馥，非花香之可比”。贾宝玉给蘅芜苑题写的匾额叫做“蘅芷清芬”，楹联是“吟成豆蔻诗尤艳，睡足荼蘼梦亦香”，用的就是汉武帝梦见李夫人这个典故。薛宝钗也因为这个住处，在大观园的诗社里号为蘅芜君。

第二则典故是，有个叫少翁的方士说自己能通鬼神，可以把李夫人的魂魄招来以慰汉武帝的相思。于是在一天夜里，少翁布置好灯烛、帷帐、酒肉，请汉武帝坐在另一座帐子里，遥遥看着李夫人的身影翩然而来。汉武帝看得模模糊糊的，既不能接近，也不能搭话，愈发相思悲苦，作诗道：“是耶非耶？立而望之，偏何姗姗其来迟！”我们常用的成语“姗姗来迟”就出自这里，至于那个“是耶非耶”，大家肯定也觉得眼熟。不错，《书剑恩仇录》的结尾，陈家洛悼念香妃，“提笔蘸墨，先写了‘香冢’两个大字，略一沉吟，又写了一首铭文：‘浩浩愁，茫茫劫，短歌终，明月缺。郁郁佳城，中有碧血。碧亦有时尽，血亦有时灭，一缕香魂无断绝！是耶非耶？化为蝴蝶。’群雄伫立良久，直至东方大白，才连骑向西而去。”

这座香冢就在北京陶然亭畔，但已经在“破四旧”的时候被砸掉了。香冢里边埋的到底是谁，香冢那段极凄美、极著名的碑铭到底是谁写的、为什么而写的，这些事情扑朔迷离，流传过很多说法，其中一种就是说香冢是容若埋葬爱妾的地方，自然，这段碑铭也就出自容若的手笔了。

但从国家图书馆所藏的香冢碑拓片来看，“一缕香魂无断绝”碑铭原本是“一缕烟痕无断绝”，改后才和香妃有了联系。碑铭后边还有一首七绝：“飘零风雨可怜生，香梦迷离绿满汀。落尽夭桃与秾李，不堪重读瘗花铭。”“瘗花”即葬花，难免给人更多的联想。

思念亡妻从梦入手，记梦用“蘅芜之香”和“姗姗来迟”的典故，手法虽然巧妙，但在表达感情上毕竟隔了一层，不如上一首《沁园春》开篇“瞬息浮生，薄命如斯，低徊怎忘”来得平实真切。而且开头第一句是要给下文定调子的，这两个典故一出，一下子就把调子定得高了、定得华贵了，下文不得不顺着这个调子走下去了。我们看第二句“帐兰膏渍粉，尚留犀合；金泥蹙绣，空掩蝉纱”，对于初阶的诗词爱好者来说，即便看不懂这些字眼，也能感觉得出这里边的华贵气氛。

兰膏，是一种头油；渍粉，是残存的香粉；犀合，是犀牛角制成的化妆盒；金泥，即金屑，代指这一类的化妆品；蹙绣，是一种纺织手法；蝉纱，是蝉翼一样轻薄的纱。诗人描写美女，一个典型的套路就是不去直接描写她本人的相貌，而是细腻地叙述她的穿着打扮、化妆品的品牌和闺房的室内装修，这尤其是花间词人的一大传统，让读者通过这些来想像女主角的美丽。容若这里这样来写，还有另外的一个意图：通过“睹物”来表达“思人”。这样写好不好呢，对比一下前一首《沁园春》同样位置的句子：“记绣榻闲时，并吹红雨；雕阑曲处，同倚斜阳”，一个是极尽描摹之能事，一个是回忆往日平常生活里的平常快乐。富丽的不能感人，平实的才见真切，高下之别显而易见。

■《乔元之三好图》 清·禹之鼎

下一句“影弱难持，缘深暂隔，只当离愁滞海涯”，用语略嫌生硬，意思还是上承汉武帝和李夫人的典故而来的：方士弄出来的终究是个幻影，不能触摸，只能隔着帷帐远远地看着，但离别也许只是暂时的，总有一天有情人又将团聚。爱，已经变成了信念，而现实无论怎样真，此刻看起来都是假的。幻影中爱侣归来，“归来也，趁星前月底，魂在梨花”，清丽缥缈，销魂无限。

下片转回现实，“鸾胶纵续琵琶。问可及，当年萼绿华”，是说纵然续了弦，新人又怎能比得上旧人！这里连用两个典故，“鸾胶”是传说中一种很神奇的胶，仙家用凤凰的喙和麒麟的角合炼而成，黏合力超强，能把断了的弓弦粘上，诗人拿它来比喻丧妻再娶；“萼绿华”是一位仙女的名字，李商隐诗有“萼绿华来无定所，杜兰香去未移时”，这里代指亡妻。前边讲过，“华”就是“花”的本字，所以“萼绿华”就是“萼绿花”，人名像是花名。就是从这里出发，容若下一句的转折就把人当作花来写：“但无端摧折，恶经风浪；不如零落，判委尘沙”，说花儿没来由地遭受摧折，还不如零落成尘的好。“判”同“拚”，是“甘愿”的意思。这个从人到花的转折是很巧妙、很自然，是修辞手法的一个典范。但这句的意思比较费解，有可能是说女主角与其夭折，不如自然老死，也可能是把话锋转到男主角身上，说他忽经丧妻之痛，起了轻生的念头。

接下来才开始回忆和妻子共度的那些美好时光：“最忆相看，娇讹道字，手剪银灯自泼茶”，最让人怀念的是妻子读错字时候的娇羞和剪灯、沏茶的样子。“娇讹道字”化自苏轼的“道字娇讹苦未成，未应春阁梦多情”，容若这是代人怀念那个亡妻念错了字的娇柔模样；“手剪银灯”剪掉的是灯芯，古代的灯烛烧上一阵就需要剪一截灯芯的；“泼茶”存在两种可能的解释，一是用众所周知的李清照和赵明诚夫妻生活的情趣故事，二是指沏茶。中国人虽然有着悠久的喝茶传统，但茶到底怎么喝，经过了好几次重要的变化。茶原本需要煮着来喝，还要添加不少佐料，工序比煮药还复杂。到宋朝之后逐渐简化，尤其对茶芽、茶末，用开水一冲了事，这就叫泼茶。比如宋人葛胜仲诗里写过“儿曹解人意，为泼闽岭芽”，之所以茶芽、茶末才能泼，一个重要的原因是，古人喝茶很少用茶叶，而是用茶饼，单靠开水冲是很难冲得开的。

回忆了当初的种种生活细节，最后要作一个总结，叹息那些好日子以后再也不会有了，就算帷帐中再见倩影，毕竟不是真人：“今已矣，便帐中重见，那似伊家。”最后的“家”是个语助词，没有实义。这一句由呼应到了开头汉武帝和李夫人的那个典故，这典故被用得如此充分，简直让人以为这首词是吟咏汉武帝两口子的。通观全篇，字用得华贵，典故用得罗嗦，雕琢的痕迹太重。这也难怪，代别人悼亡的确很难写出真情实感来，天才如纳兰容若也不能做得更好。

锦样年华水样流

——《浣溪沙》（锦样年华水样流）

锦样年华水样流，
鲛珠迸落更难收。
病余常是怯梳头。

一径绿云修竹怨，
半窗红日落花愁。
愔愔只是下帘钩。

这首词里最有杀伤力的是第一句“锦样年华水样流”，小女生会拿它装深沉，但当她们长大一些之后，想到这句诗就真会感慨万千了。

“锦样年华”是说锦缎一样绚烂的年华，相当于我们现在说的花样年华，虽然无限美好，无奈流逝得太快。最要命的是，当你处在锦样年华这个阶段的时候，并不觉得这有什么珍贵的，甚至不觉得这有什么好的，只有当年华老去，突然回忆起来，才会体会到过去的美好和珍贵。但那又如何呢？时光不再来。

“鲛珠迸落更难收”，是说哭得止不住眼泪。“鲛珠”就是眼泪的雅号，和前边讲过的“红雨”、“章台”是一个类型。典故出自《搜神记》，说南海一带有鲛人，像鱼一样住在水里，也和我们一样能纺线织布，一哭起来，眼泪就结成珠子。这两句连起来看，意思就是：美好年华像水一样流逝得太快，一想起来我就会哭，一哭起来就停不住。

我们看看历代诗词佳句，同样地因为岁月无情而大哭，要表达英雄气概就可以说“出师未捷身先死，常使英雄泪满襟”。但豪杰毕竟是少数，也不易学，小资才是多数，所以很多人更喜欢“锦样年华水样流，鲛珠迸落更难收”。如果上升到文艺理论的高度来谈这个问题，王国维说过境界虽有大小之别，但大与小并无高下之别。比如“细雨鱼儿出，微风燕子斜”在境界上并不低于“落日照大旗，马鸣风萧萧”。宗白华也谈过这个问题，说“杏花春雨江南”是一种美，“骏马秋风冀北”也是一种美，并无高下之别。就我们普通人来说，和诸葛亮产生共鸣的机会恐怕不会大于和纳兰性德产生共鸣的机会。

林黛玉也是个普通人，她虽然没读过“锦样年华水样流”，却因为听到了一句意思与之完全一样唱词而“鲛珠迸落更难收”。这是《红楼梦》里极著名的一段：

这里黛玉见宝玉去了，听见众姐妹也不在房中，自己闷闷的。正欲回房，刚走到梨香院墙角外，只听见墙内笛韵悠扬，歌声婉转，黛玉便知是那十二个女孩子演习戏文。虽未留心去听，偶然两句吹到耳朵内，明明白白一字不落道：“原来是姹紫嫣红开遍，似这般都付与断井颓垣。”黛玉听了，倒也十分感慨缠绵，便止步侧耳细听。又唱道是：“良辰美景奈何天，赏心乐事谁家院。”听了这两句，不觉点头自叹，心下自思：“原来戏上也有好文章，可惜世人只知看戏，未必能领略其中的趣味。”想毕，又后悔不该胡想，耽误了听曲子。再听时，恰唱道：“只为你如花美眷，似水流年。”黛玉听了这两句，不觉心动神摇。又听道“你在幽闺自怜”等句，越发如醉如痴，站立不住，便一蹲身坐在一块山子石上，细嚼“如花美眷，似水流年”八个字的滋味。忽又想起前日见古人诗中，有“水流花谢两无情”之句；再词中又有“流水落花春去也，天上人间”之句；又兼方才所见《西厢记》中“花落水流红，闲愁万种”之句：都一时想起来，凑聚在一处。仔细忖度，不觉心痛神驰，眼中落泪。

林黛玉细嚼的“如花美眷，似水流年”这八个字，实与“锦样年华水样流”如出一辙，再加上那些“原来是姹紫嫣红开遍，似这般都付与断井颓垣”，“流水落花春去也，天上人间”，尤其黛玉此时“见宝玉去了，听见众姐妹也不在房中”，怎不伤感。

身在锦样年华之中，清醒地认识到锦样年华水样流，实在有些残酷，尤其你若是一位如花美眷，尤其宝哥哥又去别处玩了，这滋味可真不易消受。

不易消受，又能如何呢？其实，黛玉细嚼的这“如花美眷，似水流年”一句，出自《牡丹亭》，是女主角杜丽娘游春起了伤感，梦见男主角柳梦梅，这位柳公子唱完这句之后，成功地缭乱了杜小姐的芳心，然后柳公子生拉硬扯，杜小姐半推半就，两人就到一旁宽衣解带去了。《牡丹亭》是这样写的（“生”是柳梦梅，“旦”是杜丽娘）：

【山桃红】则为你如花美眷，似水流年。是答儿闲寻遍，在幽闺自怜。小姐，和你那答儿讲话去。〔旦作含笑不行〕〔生作牵衣介〕〔旦低问〕那边去？〔生〕转过这芍药栏前，紧靠着湖山石边。〔旦低问〕秀才，去怎的？〔生低答〕和你把领扣松，衣带宽，袖梢儿揾着牙儿苫，也则待你忍耐温存一晌眠。〔旦作羞〕〔生前抱〕〔旦推介〕〔合〕是那处曾相见，相看俨然。早难道这好处相逢无一言？〔

生强抱旦下〕〔末扮花神束发冠，红衣插花上〕“催花御史惜花天，检点春工又一年。蘸客伤心红雨下，勾人悬梦彩云边。”吾乃掌管南安府后花园花神是也。因杜知府小姐丽娘与柳梦梅秀才，后日有姻缘之分。杜小姐游春感伤，致使柳秀才入梦。咱花神专掌惜玉怜香，竟来保护他，要他云雨十分欢幸也。

这个美丽词句的收场是“云雨十分欢幸”，所以古人把《牡丹亭》、《西厢记》之类的当作淫书，是有一定道理的。我们新时代讲解古典文学，讲这几部剧的时候总说封建卫道士打压自由恋爱，其实大家只要多看看原作就能发现，这些作品艺术归艺术，但诲淫诲盗是一点不假的。了解了这些背景，我们就可以用焦大式的劳动人民的纯朴念头来揣摩林黛玉此刻的愁绪，感觉有几分伤感，几分旖旎。

这样的写法，是诗词的一个经典主题：闺怨。大男人们常常喜欢假托少女或少妇的口吻和心态来作一番思春的表现，尽管用词瑰丽典雅，却含着几分性暗示。如果是诗人自己哀悼似水年华，是不会这样写的，而是写成“十年书剑老风尘”之类。所以我们在看到容若说出“锦样年华水样流，鲛珠迸落更难收”的时候，千万别以为这是他自己在抒怀，而要清楚这是闺怨主题，他是在作演员呢。

词中的这个少女，既然多愁，自然也要多病，否则就不协调了，所以才有下一句的“病余常是怯梳头”。为什么“怯梳头”，可以推想的是病后体虚，一梳头就总会掉头发，一掉头发就越发感叹“锦样年华水样流”，一感叹就越发“鲛珠迸落更难收”，一哭起来没完就更容易生病，一生病就更容易掉头发，一掉头发就越发感叹“锦样年华水样流”……

下片转换视角，“一径绿云修竹怨，半窗红日落花愁”构成对仗，说少女窗外的景象，有一条小径、一片竹林、半窗落日、点点落花。如果是房地产开发商作广告，说某楼盘对景观设计下了很大的功夫，广告图片是一位业主靠在沙发上喝咖啡，窗外有一条小径、一片竹林、半窗落日、点点落花，肯定会很煽情的，这些景观构成了一个很好的卖点，能大把换钱。但诗人不是老百姓，借着女主角的眼睛，看到小径上绿竹如云，只觉得那如云的尽是怨念，看到半窗落日映衬着落花，那飘扬的尽是愁绪。尤其是，风景年年不变，青春却一年年地耗过去了，心里越发不是滋味。

所以说，愁是分档次的，虽然女主角这发愁的样子很让人同情，但对于许多劳动人民来讲，能发一次这种愁已经算是遥不可及的梦想了。（想起我自己初学诗词的时候，正是为赋新诗强说愁的年纪，加上自己水平太低，说愁只能配秋景，所以一年里的春天、夏天和冬天我总是不知道该如何下笔。那时候总是盼着秋天，因为等秋天来了，我就可以高高兴兴地去发愁了。）

愁过了，恨过了，怎么办？结句“愔愔只是下帘钩”，“愔愔”（yīn），是柔弱、忧郁的意思，这句是说，女主角怏怏地放下帘钩，关上窗子，把“一径绿云修竹怨，半窗红日落花愁”统统隔在窗外。这又是一个巧妙的修辞：前边说竹子也是愁，落日和落花也是愁，于是用关上窗子的办法把这些愁都给隔开，字面上看，愁被关在窗外了，实质的意思却是：一个人闷在屋子里，更愁了。

这首词好不好呢？纯粹从诗艺的角度来看，算不上一流作品，因为以愁语写愁是一种比较平庸的手法。我们可以和同类作品中的典范之作来作个对比，秦观也有这样一首《浣溪沙》，也是诗词爱好者都很熟悉的：

漠漠轻寒上小楼，晓阴无赖似穷秋。淡烟流水画屏幽。

自在飞花轻似梦，无边丝雨细如愁。宝帘闲挂小银钩。

容若这首词虽然未臻上乘，却给我们留下了一个千古伤心人可以与之共鸣的句子："锦样年华水样流"，一旦流走就不会回头了——老去的人缅怀青春，青春的人惧怕老去，这不是一时一地的感觉，而是人类永恒的无奈与悲伤。王国维说，写出这样的句子才是诗人真正该做的事，李后主的词就是这样的，所以永恒。

人道情多情转薄，而今真个不多情

——《摊破浣溪沙》（一霎灯前醉不醒）

一霎灯前醉不醒，
恨如春梦畏分明。
淡月淡云窗外雨，一声声。

人道情多情转薄，
而今真个不多情。
又听鹧鸪啼遍了，短长亭。

这首词大家肯定觉得眼熟，不错，它和上一本《纳兰词》中讲到的一首词很像：

风絮飘残已化萍，泥莲刚倩藕丝萦。珍重别拈香一瓣，记前生。
人到情多情转薄，而今真个悔多情。又到断肠回首处，泪偷零。

名句都是下片的前两句，文字上只稍有差异，一个是“人到情多情转薄，而今真个悔多情”一个是“人道情多情转薄，而今真个不多情”，细细体会，意思还是有些分别的。

■《仕女图》之一 清・陈字 屏风绢本设色

于是有人认为这是同一个时期、为了同一件事而写下的两首词，也有人认为这是同一首词的不同修订本。但无论我们相信哪种说法，都不得不承认这两首词虽然相似，却各有各的妙处。

开篇“一霎灯前醉不醒”，先来说说韵脚：这个“醒”字古音有平有仄，按现在的说法，它是个多音字，在这里读阳平声，也就是现代汉语的二声。诗词押韵有一个死规定：同一个韵脚里，平仄不能通押。我看过不少诗词爱好者写诗填词不知道这个规矩，觉得只要韵母一样就算押韵，其实真要那么押韵，读起来就太别扭了。大家以后如果看到古典诗词里同一个韵脚里有平有仄，要知道那不是古人写错了，而是因为存在古今读音的差异，就像“醒”字的这个情况一样。

从意思上看，这句话有点费解，因为“醉不醒”和“一霎”没法搭配，我们很难想像容若此时的状态：一瞬间在灯前醉倒了，醒不过来。推想应该是这个意思：容若在灯前出神，一个恍惚之下，仿佛进入了醉乡，进入了梦幻。

第二句也颇费解，“恨如春梦畏分明”，合乎语法的理解只能是说“恨”这种情绪就像春梦一样，最怕的就是清晰起来（因为春梦一旦清晰起来，就意味着要醒过来了，恨在不太明确的时候，还是可以去逃避的）。这个意思好像有点别扭，遍查注本，对这两句最通顺的解释是这样的：“一霎间便于灯前沉醉了，而又不愿从这醉中清醒。”但这样虽然能把意思理顺，却背离了原文的语法。我觉得这个问题还是存疑最好。

当然，很多人读诗词，也并不在乎是否读得懂，也许越看不懂才越觉得好。其实写上本书的时候，主编认真叮嘱过我，要少求证、多抒情，但我总还是不自觉地走上了诗词解析的路子。有时候我也在想，是不是把古典文学赏析写成我自己发骚扮嗲的小散文会更好卖些？

言归正传，我们来看下一句“淡月淡云窗外雨，一声声”。先看句法结构：这首词在句法结构上和《浣溪沙》很像，所不同的只是把《浣溪沙》上下片的最后一句由原来的七个字变成了前七后三的十个字，等于破了《浣溪沙》原有的节拍，产生了一个变奏。这样的手法，术语叫做“摊破”，所以这个词牌叫做“摊破浣溪沙”，也有一些别名，比如“山花子”、“添字浣溪沙”。

再看句意。意思很简单，不劳解释，值得注意的是这句话和前边两句的关系。前两句是在写情，这句是上片的结句，就不再继续写情了，而是用景语来给写情的句子作结。这是文艺创作上的一个惯用手法，比如革命电影的结尾，革命党人英勇就义，镜头就会从就义的场面切换到黄河滔滔、长江滚滚；小学生写作文，写某叔叔做好事，事了拂衣去，得低分的结尾是写某叔叔的行为如何让我感动，如何让我学到了做人的道理；得高分的结尾则是景语，写某叔叔走了以后，雪地上留下了两行笔直的脚印云云。

王国维说，在诗人笔下没有景语，因为一切景语都是情语，就是这个道理。这问题等我讲《人间词话》的时候还会细说，现在容若用一句“淡月淡云窗外雨，一声声”来给上片作结，“淡月淡云”其实是说心情散淡、了无意绪，“窗外雨，一声声”则是一个固定的诗歌意象，也就是诗歌套语，知识分子读到这里的时候，都不会只想到窗外在下小雨，而是会想到很多同类的前人诗句，最著名的就是蒋捷的“而今听雨僧庐下，鬓已星星也。悲欢离合总无情，一任阶前点滴到天明”。所以，容若虽然只说了“窗外雨，一声声”，读者却从中读出了字面上没有的一些意象：衰老、孤独、沧桑……

所以我一直都主张一个观点：诗词这东西，要精读，更要泛读。几千首诗词下肚，你就基本掌握了古人的诗词套语和修辞套路，非博则无以精，唯有通百，才能通一。

下片转折，是这首词里的名句：“人道情多情转薄，而今真个不多情”，和另一首里的“人到情多情转薄，而今真个悔多情”有细微的差别：一个是“不多情”，一个是“悔多情”，前者是说自己因为多情而受了重伤。从此之后再也不多情了，后者也是说自己因为多情而受了重伤，不同之处在于，因为伤得太重，无法承受，所以后悔当初的多情。

这两首词一般都认为是容若缅怀卢氏的，从感染力而言，“不多情”显然比“悔多情”要好，就像纪晓芙因为与杨道的恋情而饱受折磨，甚至连性命都丢了，却面对正道、面对师道，面对曾经的未婚夫，面对所有或苦口婆心或声色俱厉的指指点点，依然为女儿取名杨不悔。

“人道情多情转薄”也比“人到情多情转薄”要好，虽然只是“道”与“到”一字之差，但前者的意思分明是说，“情多情转薄”是人家说的，好像是一句很有道理的人生格言，但在自己身上根本就不适用。自己对妻子那么的爱，一起生活了那么久，妻子又死了那么久，自己本该转薄的情却一点也没有转薄。自己仍然会在灯下发呆，恍惚中又见到了妻子。

深爱不会因为情多而转薄，也不会因为时间而转薄。W.B.Yeats有一首名诗，题为A Deep-Sworn Vow，和容若这首词大有异曲同工之处，正可以互相作解：

Others because you did not keep
That deep-sworn vow have been friends of mine;
Yet always when I look death in the face,
When I clamber to the heights of sleep,
Or when I grow excited with wine,
Suddenly I meet your face.

Yeats这首诗更加平和，更加内敛，更加深沉，是上了年纪的人才写得出的，容若的词却是少年纯真的神采，笑便是真笑了，痛便是真痛了，所以更容易被年轻人接受。我有时会想，如果容若也能活到七老八十，他的诗词又该写成什么样呢？我觉得大概就会像Yeats这首诗一样吧。但这种事毕竟没法求证，给人无限的猜想也是美的。

我们再看词的收尾“又听鹧鸪啼遍了，短长亭”，先后用到两个诗歌套语，一个是鹧鸪啼，一个是短长亭。

我们需要知道，诗歌语言自成一套体系，日常语言中一个平常的词，一用到诗歌里可能就变成了某个特定的意思，或者传达某种特定的情绪。所以我们理解诗词，不能只看字面，还得明白背后这个语言体系。

鹧鸪的叫声，古人觉得听起来像是“行不得也哥哥”。辛弃疾有个名句“江晚正愁予，山深闻鹧鸪”，凡是诗人说听到鹧鸪叫，固定含义就是走投无路、一片茫然。其他再如听见子规鸟叫，也都有特定的含义。如果我们写诗，写一个地方风景如画，好多鹧鸪在啼叫，即便这是实景，也不能这么写，这会给读者造成误会的。

“短长亭”，是古代郊野的地方给路人歇脚盖的亭子，也有的就是驿站，庾信《哀江南赋》有“十里五里，长亭短亭”，所以“亭”和“路”是联系在一起的，所谓“长亭外，古道边，芳草碧连天”。人们送别会在长亭，行路之人思乡也会望望一路上的长亭短亭，李白“何处是归程，长亭更短亭”。所以短长亭就有了惜别和思乡这两个意象。容若这里是把“鹧鸪啼”和“短长亭”两个意象交织在了一起，更加凸显了一种走投无路的凄凉之感。这就是诗艺中一种典型的意象派手法，仅仅客观罗列了两个意象，用这两个意象的组合与交织传达出一种特定的情绪。我们学习诗词，在这些地方是值得多留心的。

若问生涯原是梦

——《江城子·咏史》（湿云全压数峰低）

湿云全压数峰低。
影凄迷，望中疑。
非雾非烟，神女欲来时。
若问生涯原是梦，除梦里，没人知。

这是纳兰词里最如梦似幻、扑朔迷离的一首。文字很美，意境很美，但说不清到底要表达什么。首先词题就很让人费解，说是咏史，却看不出一点和历史有关的内容，以至于有的版本干脆就把这个词题给删掉了；但要说是写男女之情，似乎有那么一点味道，却怎么也把握不牢。看上去又像在写三峡风光，但考察容若一生的行程，从来没有到过三峡。

“湿云全压数峰低”，山头上阴云密布，看来是快下雨了。用一个“湿”字写出了水墨画的感觉，带出来一些阴郁的气氛；用一个“低”字突出了一种压迫感，使词句所描写的东西一下子如在目前。用王国维的话说，这就是不隔之境。

“影凄迷，望中疑”，“影”到底是什么影，不知道；“望”到底在望什么，也不知道。这两句点化前人成句，杜甫《咏怀古迹》有“最是楚宫俱泯灭，舟人指点到今疑”，这是途经三峡凭吊宋玉，举目望去，楚国宫殿的遗迹早就找不到了，原址到底在哪里，当地船夫给自己也指点不清。

“非雾非烟，神女欲来时”，这仍是宋玉的典故，也是理解这首词的关键。宋玉《高唐赋》有一段对后世诗文家影响很深远的序言（有研究者认为这是汉代赋家的伪托之作，我这里就不作考证了）：

昔者楚襄王与宋玉游于云梦之台，望高唐之观，其上独有云气，崒兮直上，忽兮改容，须臾之间，变化无穷。王问玉曰：“此何气也？”玉对曰：“所谓朝云者也。”王曰：“何谓朝云？”玉曰：“昔者先王尝游高唐，怠而昼寝，梦见一妇人曰：‘妾，巫山之女也，为高唐之客。闻君游高唐，愿荐枕席。’王因幸之。去而辞曰：‘妾在巫山之阳，高丘之岨，旦为朝云，暮为行雨。朝朝暮暮，阳台之下。’旦朝视之，如言。故为立庙，号曰‘朝云’。”

这段序言比正文更要出名，这是说宋玉陪着楚襄王去云梦泽玩，望见高唐之观上有一种特殊的云气，楚襄王很好奇，宋玉解释说：“这就是所谓的朝云。当年我们楚国的先王也来高唐玩过，玩累了，大白天就睡了，梦见一个女子自称巫山之女，自荐枕席。先王来者不拒，两个人就亲热起来了。女子告别的时候，说自己就在巫山之阳，高丘之岨，早晨就是云，晚上就是雨，早早晚晚都在这一带晃悠。先王早晨一看，果然有一种奇特的云气，于是给那女子立了庙，号为朝云。”

这个传说流传了两千多年，现在我们去三峡旅游，真能看见一处叫做高唐观（又称楚阳台）的景点，就在巫山县城西的山丘上。宋玉的事还有下文：楚襄王被宋玉一忽悠，对这位朝云很有一点蠢蠢欲动的劲头，当天晚上睡觉还真就梦见她了，醒来之后非常激动，待宋玉一来，好一通描述，让宋玉再写一篇赋。宋玉依言，又写了一篇《神女赋》。《神女赋》的小序也极有名：

楚襄王与宋玉游于云梦之浦，使玉赋高唐之事。其夜王寝，果梦与神女遇，其状甚丽，王异之。明日，以白玉。玉曰："其梦若何？"王曰："夕之后，精神恍忽，若有所喜，纷纷扰扰，未知何意。目色仿佛，乍若有记：见一妇人，状甚奇异。寐而梦之，寤不自识；罔兮不乐，怅然失志。于是抚心定气，复见所梦。"王曰："状何如也？"玉曰："茂矣美矣，诸好备矣。盛矣丽矣，难测究矣。上古既无，世所未见，瑰姿玮态，不可胜赞。其始来也，耀乎若白日初出照屋梁；其少进也？皎若明月舒其光。须臾之间，美貌横生：晔兮如华，温乎如莹。五色并驰，不可殚形。详而视之，夺人目精。其盛饰也，则罗纨绮缋盛文章，极服妙采照四方。振绣衣，披裳，不短，纤不长，步裔裔兮曜殿堂，婉若游龙乘云翔。披服，脱薄装，沐兰泽，含若芳。性合适，宜侍旁，顺序卑，调心肠。"王曰："若此盛矣，试为寡人赋之。"玉曰："唯唯。"

我们看楚襄王对梦中女子的描述，完全进入一种意乱神迷的状态了。明白了这些背景，我们回头再看容若这首词，词中"影凄迷"的"影"究竟是什么，"望中疑"的"望"究竟在望什么，"非雾非烟"的东西又是什么，"神女"是哪位，就全都一目了然了。

这几句里，容若最高明的是"神女欲来时"，把场景定在了神女将来而未来的时刻，这是最有艺术表现力的，因为这个时刻才是最震荡人心的时刻。这是艺术手法的一个通则，比如我们要描写一场战争，最要着力的地方并不是双方交火的时候，而是将要交火而没有交火的那段时间，凡是成功的描写一定是在这个地方把文章作足。画一幅画，做一个雕塑，也是同样的道理，你如果只能在一个事件中选取一个静态的片段来表现，那么“神女欲来时”就是最佳的选择。

接下来这句结尾“若问生涯原是梦，除梦里，没人知”仍是化用前人成句，李商隐《无题》诗有“神女生涯原是梦，小姑居处本无郎”。神女的生涯的确是梦，因为只有在梦里她才能够化作人形和人亲近，但做梦的人醒来，神女便又“旦为朝云，暮为行雨。朝朝暮暮，阳台之下”了。

容若的化用比李商隐的原作更见迷离。李诗是陈述句，容若却改成一个“若问”，问过之后自己也没有给出答案，只是说“除梦里，没人知”，这就是说，神女生涯到底是不是梦，只有在梦里才能知道，而梦里的答案又能当真吗？

讲到这里，有人一定会以为这首词又是容若怀念亡妻的，但我敢说绝对不是。我在前边讲过，古人在写给别人或写到别人的时候，如果用典，一定要求身份切合。巫山神女这个名字虽然听起来很美丽，但别忘了她在《高唐赋》里可是自荐枕席的，虽然这有上古民风的问题，但自秦汉以后，人们理解这件事，可就戴上了文明社会的有色眼镜。所以，如果在现实生活中找一种和神女的身份切合的女子，就只能到红灯区去找。神女这个形象虽然美丽迷人，却绝不能用来比喻良家妇女。再如“朝云”，作为名字的话既美丽又有文化内涵，但给孩子取名字可不能取作朝云，因为这也不是给良家妇女用的。喜欢苏轼的人都知道苏轼有个著名的侍妾就叫朝云，她就是歌伎出身。

于是大胆地推测一下，容若这首词最像是描写这样一个经历：在酒吧里喝得微醺，在迷离的光线中，一个美丽的三陪女过来搭话，聊着聊着就转入实质性内容了。但是，男主角一直醉醺醺、恍惚惚的，醒来之后人家已经走了。这个美丽的一夜情究竟是不是真正发生过呢？这个美丽的女子是不是真有其人呢？男主角迷离着眼睛，有点搞不清楚。

有注本提到，伟大领袖毛主席也读过这首词，还给过一个批语："巫嵩之类"，认为"这首词是咏叹巫山、嵩洛神女之类的作品。巫，指巫山神女与楚襄王事；嵩，本指河南登封之嵩山，但嵩山常与洛水并称，洛水有女神宓妃，故此处仍是指情爱之事"。这个解释太过曲折，恐怕是误解了毛主席的批语，把竖着写的"巫山高"看成"巫嵩"了。

《巫山高》是汉乐府旧题，本来内容是写巫山之险的，但后人用起这个题目来，总是扯到楚襄王和巫山神女身上，久而久之也就鸠占鹊巢了。容若这首词，至少从表面看来，恰是《巫山高》一类。

这首词究竟是什么意思，究竟是不是咏史，要弄清这些问题，有必要把容若所有的咏史诗词作一番梳理，看看他在咏史方面的基本思想何在，基本笔法如何。当然，这个工作虽然必要，但耗时耗力，也比较枯燥，大多数读者肯定就不爱看了，编辑也就该跟我翻脸了。所以呢，我这里只把我的结论简单讲讲：这首词，很有可能真是咏史，算是历代咏史作品中非常特殊的一个。容若对历史兴亡的看法和汉族知识分子的主流传统不大一样，既不是表达以史为鉴的思路，更不会感叹汉人祖先的霸业与兴亡。容若的角度跟大家不太一样，有点站在历史潮流之外，冷眼旁观，觉得历史这东西兴亡无定数，很难把握，很难琢磨，由此产生出一种世事无常的苍凉感，而世事既然无常，作为个体的人生，其意义和作为便也大可怀疑了。

这道理其实很好理解，我们可以想像一下，一个熟悉外国文化的中国人在登临外国古迹、咏怀外国历史的时候会是什么感觉。容若汉文化底子再好，但毕竟是满人，咏怀汉人历史的时候是很难产生民族自豪感的。

所以，这首《江城子》，我们若说它表达了容若的一种历史观，还是很贴切的。他站在一个较为超然的立场上，感叹历史的浮云苍狗、非雾非烟。相关话题，我在后边的《清平乐·弹琴峡题壁》还会讲到。

■《仕女图》之二 清·陈字 屏风绢本设色

看尽一帘红雨，为谁亲系花铃

——《朝中措》（蜀弦秦柱不关情）

蜀弦秦柱不关情。
近日掩云屏。
已惜轻翎退粉，更嫌弱絮为萍。
东风多事，余寒吹散，烘暖微酲。
看尽一帘红雨，为谁亲系花铃。

这首词有的版本题为“春暮”，倒也切合。开篇“蜀弦秦柱不关情，近日掩云屏”，是说自己没心情听音乐了，整天把屏风掩着。这一句很像李商隐的风格，接连用到蜀弦、秦柱、云屏三个很小资的意象。蜀弦秦柱，字面上是说蜀地的琴和秦地的筝，泛指乐器。弦和柱都是乐器上的部件，以偏可以概全。云屏，就是李商隐名篇里的“云母屏风”，这应该是一种很漂亮的家具，有琉璃一般的光。而且云母在古代还有一层仙家涵义：何仙姑在没列入“八仙”之前，就住在云母溪边，有仙人给她吃云母粉，结果何仙姑就会飞了。我们再看李商隐那首诗：

云母屏风烛影深，长河渐落晓星沉。

嫦娥应悔偷灵药，碧海青天夜夜心。

现在我们就能看出用“云母屏风”能怎样烘托这首诗的气氛了，而在容若这句词里，云屏就只作为一个习语了，从诗艺上说，这就逊了李诗一筹。

开篇表达了一种寂寞的、百无聊赖的情绪，接下来情绪更坏，“已惜轻翎退粉，更嫌弱絮为萍”，对眼前景象，怎么看怎么都不顺眼。

“轻翎退粉”是一个古怪的典故，李商隐有一首《赠子直花下》：

池光忽隐墙，花气乱侵房。屏缘蝶留粉，窗沿蜂印黄。

官书推小吏，侍史从清郎。并马更吟去，寻思有底忙？

这首诗也是写春光的，但写得明媚动人。颔联“屏缘蝶留粉，窗沿蜂印黄”，互文见意，是说屏风的和窗子的边缘留下了蜂儿的黄。这是怎么回事呢？《道藏经》说蝴蝶交尾之后，身上的粉会退去；蜜蜂交尾之后，身上的黄色会退去。所以李商隐这句诗表面上已经写足了蝴蝶和蜜蜂在人的居室留痕这一很有情调的春天景象，暗含着又带出了交配的意思，更把一个“春”字做足了。

这个典故比较冷门。周邦彦有一首词，其中有“蝶粉蜂黄浑退了”一句，大家都以为“蝶粉蜂黄”是说女子的化妆，只有杨东山拿着《道藏经》说大家都错了。罗大经在《鹤林玉露》里记载了这件事，感叹说：“区区小词，读书不博的人都会理解错，更何况那些古人文章呢！”

罗大经道理总结得不错，但其实论据并不成立，因为他犯了一个断章取义的毛病，低估了“蝶粉蜂黄”这个词的复杂性。我们通篇来看看周邦彦那首《满江红》：

昼日移阴，揽衣起、春帷睡足。临宝鉴、绿云撩乱，未忺妆束。蝶粉蜂黄都褪了，枕痕一线红生肉。背画栏、脉脉悄无言，寻棋局。

重会面，犹未卜。无限事，萦心曲。想秦筝依旧，尚鸣金屋。芳草连天迷远望，宝香薰被成孤宿。最苦是、蝴蝶满园飞，无人扑。

如果把全篇看下来，就会知道这里的“蝶粉蜂黄”和交配没有一点关系，确实是指女子的化妆。花木兰“当窗理云鬓，对镜贴花黄”，这个“花黄”就是“蜂黄”；李商隐《酬崔八早梅有赠兼示之作》有“何处拂胸资蝶粉，几时涂额藉蜂黄”，一望可知是说女子化妆。这就是典故的陷阱呀，是我们读诗词要特别留心的地方。

再看“弱絮为萍”，这是古人一种纯朴的观念，看见杨花柳絮和浮萍有相似的地方，就认为后者就是前者入水之后变来的。

轻翎退粉，弱絮为萍，本是自然界的正常现象，但容若加了“已惜”、“更嫌”两个词，人间烟火气就出来了。蝴蝶交尾结束了，柳絮变成浮萍了，这就意味着最美丽的时光已经过去了，春天就要结束了。

下片转折，“东风多事，余寒吹散，烘暖微醒”，是说东风把一点寒意吹散，吹得人暖洋洋的，像微醉的感觉。但东风这样做，纯属多事。东风为什么多事？词的情趣就在这里。词人本来就心情慵懒，音乐也不想听，人也不想见，正沉浸在凄凄凉凉的气氛里呢，东风却偏偏在这个时候送来一阵暖意。这暖意把自己已经沉寂下去的情绪又勾起来了，这就是结句“看尽一帘红雨，为谁亲系花铃”。

“花铃”就是护花铃，古龙有一本小说就是这个名字。典故出自唐朝，在天宝年间，每到春天，宁王就派人在花园里系上红丝，密密地缀上铃铛，系在花梢上，有乌雀飞集的时候，花园管理人员就拉拉绳子，把铃铛弄响，把鸟吓走，这就是护花铃的来历。这其实就和农田里的稻草人性质类似，只不过一个是保护花朵的，一个是保护庄稼的。

于是我们再看这句“看尽一帘红雨，为谁亲系花铃”，就知道这如雨的落花不是被风吹的（前边提到过“东风多事，余寒吹散，烘暖微醒”，所以风是温暖和煦的东风，不会把花吹落得那样的），而是被鸟破坏的。容若眼看着花儿被鸟群这么糟蹋，摆出了富家公子的惯有姿态：不作为。

为什么不作为？这可不是怜香惜玉的风格！原因就在“为谁”两个字上——亲手去系护花铃并不是为了护花。而是为了讨爱人的欢心，但心爱的人不在了，于是对一切事情都懒懒的、没有心情了，别说懒得去系护花铃，恐怕别人砍自己一刀，自己也懒得喊疼。

看到这里，大家会以为这首词又是容若怀念妻子卢氏的，但是，比较可疑。即便无法确证，但绝不排除其他的可能性：容若在和卢氏成婚之前，是不是和表妹有过什么呢？这个猜测并不是空穴来风，这首词可以参照下边这首《清平乐》（青陵蝶梦）一起来看。

莲子依然隐雾，菱花暗惜横波

——《清平乐》（青陵蝶梦）

青陵蝶梦。
倒挂怜么凤。
退粉收香情一种。
栖傍玉钗偷共。

愔愔镜阁飞蛾。
谁传锦字秋河。
莲子依然隐雾，
菱花暗惜横波。

这首词，开篇“青陵蝶梦”是全词的基调。这是一个常见的典故，但说成“青陵蝶梦”很多人就看不懂了，说“化蝶”、“连理枝”大家就都明白了。故事是这样的：宋国大夫韩凭（又作韩朋）娶了一个美丽的妻子，恩恩爱爱，没想到被宋康王惦记上了。宋康王派韩凭修筑青陵台，完工之后就把他杀了。宋康王携得美人归，一同登台游玩，韩凭的妻子事先把衣服做了特殊处理，走到台边的时候突然就往下跳，左右的人急忙拉住她的衣角，谁知衣服触手即碎，化作片片蝴蝶。宋康王愤恨不已，把韩凭两口子分别埋葬，让他们死了也不挨着，结果两座坟墓上分别生出了大树，枝条互相接近，终于缠绕在一起，这就是所谓的连理枝。

“倒挂怜么凤”，这句化自苏轼《西江月》“海仙时遣探芳丛，倒挂绿毛么凤”。苏轼作了一个注释，说惠州梅花上有一种珍禽，叫倒挂子，样子像绿毛凤，但个头小一些。有的注本说这种鸟就是虎皮鹦鹉，说这两句意味着与爱妻离别了，而那可爱的鹦鹉仍在架上。这是一个比较流行的解释，但不大站得住脚。

我倒不是说么凤不是虎皮鹦鹉，这我没研究，也懒得去查，关键是第一句“青陵蝶梦”的典故用在容若的妻子身上是很不合适的。对韩凭夫妻的故事，如果讲“连理枝”，适用范围可以扩大，但用“青陵”就少不得“青陵台”这个涵义。唐诗里这样用的，如李白《相和歌辞·白头吟》“古时得意不相负，只今惟见青陵台”，“古来得意不相负，只今惟有青陵台”；李商隐《蜂》“青陵粉蝶休离恨，长定相逢二月中”，李商隐《青陵台》“青陵台畔日光斜，万古贞魂倚暮霞。莫讶韩凭为蛱蝶，等闲飞上别枝花”；储嗣宗《宋州月夜感怀》“雁池衰草露沾衣，河水东流万事微。寂寞青陵台上月，秋风满树鹊南飞”。容若特地用到“青陵”，像前边讲过的，如果符合诗词用典的习惯，这只能意味着自己和一位心爱的女子分别，分别的原因是那女子被权贵所夺，而那女子现在已经死了。符合这些条件的恰有其人，就是我在上本书里介绍的“宫中表妹”。

一般认为，容若和表妹的恋情是在娶妻之前发生的，但事情扑朔迷离，史料也真伪莫辨，但在容若的诗词当中，总有这样一个身影若隐若现。我们再看下一句，也充满着迷离之意：“退粉收香情一种，栖傍玉钗偷共”。字面上是接续上文说那只虎皮鹦鹉——或许还有一种叫作“收香”的鸟的。收香，也叫桐花凤，产于成都，常在暮春时分飞集在桐花左右，也叫收香倒挂、探花使。这种鸟儿性情温驯，喜欢落在美女的发钗上。虎皮鹦鹉据说也有这种喜好，而且它们白天闻到上好的香气，就把香气收藏在尾翼之间，夜间就张开尾翼，释放香气。——现在虎皮鹦鹉在鸟市上很便宜就能买到，谁要有兴趣可以买两只回家试试。

有注本把“收香”解释为收香鸟，但联系上下文，“退粉收香情一种”，“退粉”我在上一首词里已经讲过，是个动宾结构，那么按照文言体例，“收香”就不可能是鸟名，而也得是相应的一个动宾结构。所以恰当的解释应该是：“收香”是绿皮鹦鹉用尾翼收集香气的那个动作。但这依然无法贯通全句，因为如果这样理解的话，“退粉收香”就是绿皮鹦鹉留情的表示，然后它就“栖傍玉钗偷共”，和美人的玉钗亲近在一起了。看似通顺，但是我们得留心，“退粉”百分百是蝴蝶的动作，鹦鹉是不会退粉的。

为了解决这个疑难，我去查了“收香”的用法：在《眉庵集》里看到有“老麝收香”，麝是在发情期分泌麝香，过了发情期就不再分泌了，所以收香应该是说发情发完了；《丹渊集》里一首咏梅花的诗说“破萼未深聊敌雪，收香不密任随风”，是说梅花才开，香气没有收住，随风散了出来；宋词里有“收香藏镜”连用的，联系上下文，前者是晋朝典故，贾充的女儿看上了韩寿，把皇帝赐给爸爸的外国高级香偷偷送给了他，两人于是私通，后来贾充闻见韩寿身上的气味，知道情况严重，就把女儿正式许配了他，后者是破镜重圆的故事，这里就不细说了。如此来看，“老麝收香”和“收香藏镜”的意思在这里都能讲通。现在问题就严重了——退粉是说蝴蝶交完尾了，收香要么是说麝发完情了，要么是说韩寿和贾姑娘私通了，“退粉收香情一种”，意思自然是说：容若曾经和某个女子有过床笫之欢，恋情深种。“栖傍玉钗偷共”也就因此而耐人寻味，不知道偷偷栖傍玉钗的到底是鹦鹉还是容若自己。

下片情绪有了变化。“愔愔镜阁飞蛾，谁传锦字秋河”，“锦字”指书信，“秋河”即银河，这是说阁中如今寂寥难耐，只有蛾子乱飞，但这种昆虫毕竟不如青鸟，是不会给恋人传递书信的。这句修辞的巧妙之处在于，表面说的是飞蛾，其实暗用了青鸟传书的典故。这也给我们透露了一个信息：这一对恋人的分别，恐怕是难以互通书信的。最合情合理的猜测自然是：恋人被选入宫中了。她的身份也昭然若揭，就是那位宫中表妹。

结尾“莲子依然隐雾，菱花暗惜横波”，前一句语出《子夜歌》“雾露隐芙蓉，见莲不分明”，“莲子”谐音“怜子”，字面是说莲子依然隐在雾里看不清，涵义是恋人依然隐在雾里看不清；后一句“菱花”指镜子，“横波”指目光流盼的样子，直译出来就是镜子暗自怜惜眼睛。从上一句推断，“菱花暗惜横波”应是设想对方正在对着镜子自伤自怜。

这首词表达了一种深深的无奈，而这种无奈又和容若悼亡词里无奈并不一样，后者在无奈之中还有一种悲愤，但这里的无奈真有一种全身上下软弱无力的感觉。这样看来，词中的女主角越发像是宫中表妹了，容若这番面对的毕竟是高高的宫墙，自己的恋情在道义上就先站不住脚了。心里怯了，词也就软了。

这个话题，在下一首词里还将继续。

愿指魂兮识路，教寻梦也回廊

——《青衫湿遍·悼亡》（青衫湿遍）

青衫湿遍，凭伊慰我，忍便相忘。
半月前头扶病，剪刀声、犹在银釭。
忆生来、小胆怯空房。
到而今、独伴梨花影，冷冥冥、尽意凄凉。
愿指魂兮识路，教寻梦也回廊。

咫尺玉钩斜路，一般消受，蔓草残阳。
判把长眠滴醒，和清泪、搅入椒浆。
怕幽泉、还为我神伤。
道书生、薄命宜将息，再休耽、怨粉愁香。
料得重圆密誓，难禁寸裂柔肠。

这首词，题为《悼亡》，似乎不问可知又是悼念妻子卢氏的，但是，读下去的话，就会发现事情并不是那么简单。我看到的注本，都把这首词的写作时间定在康熙十六年，也就是卢氏刚刚去世的时候。我们知其然，还得知其所以然：为什么把写作时间定在这一年，是因为词中有一句“半月前头扶病”，也就是说，卢氏刚刚去世，

■《仕女图》之三 清·陈字 屏风绢本设色

容若就写了这首词出来。

这个推论看似无懈可击，但它若要成立，还必须基于以下事实：这首词确实是写给卢氏的。事实上，也有个别版本并没有《悼亡》这个词题，而从内容看，容若确实是在悼念一位深爱的女子，但这个女子恐怕根本就不是卢氏。

词的上片都是大白话，用不着仔细解释，大意是说心爱的人刚刚去世，自己非常伤心。最后两句在修辞上很出色，值得留意："愿指魂兮识路，教寻梦也回廊"。这是诗词里边使用虚词的典范，读起来应该是这样的："愿指魂兮——识路，教寻梦也——回廊"，很有一唱三叹的感觉。

下片的第一句是最让人生气疑心的，"咫尺玉钩斜路，一般消受，蔓草残阳"。这里出现了一个专有名词"玉钩斜路"，大家读的时候很容易就忽略过去，事实上这四个字正是解读这首词的关键所在。

"咫尺玉钩斜路"，字面上说容若家和一条叫做"玉钩斜"的路距离很近。"玉钩斜"听上去是个美丽的名字，像是在说天上的月亮。但是，北京并没有这样的一条路，这条路的得名也不是因为月亮。

"玉钩斜"这个地方现在还在，在扬州的蜀冈西峰，现在是蜀冈西峰生态公园，但它并不是一个旅游景点，只是一个不起眼的土丘。当地人说这个土丘就是玉钩斜，专家也很难确定，只能说大致应该是在这个地方。这里有一座新修的玉钩亭，据说是在古代遗址上重建的。

如果你去扬州玩，不妨去这个地方看看。这原本是一处很著名的古迹，得到过很多诗人的吟咏，但使这里著名的并不是什么美丽的故事，而是地底下埋着的许许多多少女的枯骨和冤魂。

据说，隋炀帝三下扬州，穷奢极侈到了变态的地步，甚至强征吴越的民间少女在运河两岸为龙舟拉纤。拉纤是个苦差事，民夫都吃不消，何况纤纤弱女呢。结果，陆续有少女死在这个新增的工作岗位上，而在那个皇权专制、信息传播又不发达的时代，隋朝政府自然没有遮掩纤难事故死亡人数的必要，在船队到了扬州之后，把尸体都葬在了附近的一处坡地上。因为这里是一处斜坡，从此便被称为“宫人斜”。这个名称好歹也算对死难者的一种追认了，因为严格来说，她们还称不上宫人的。

到了唐代，李夷简镇守扬州，在这里观赏如钩新月，便修了一座玉钩亭，大文豪皇甫湜为此还写了一篇《玉钩亭记》，此后宫人斜便改称玉钩斜，名声越来越大，为之吟咏的名家也越来越多。

容若自己也吟咏过玉钩斜，比如《浣溪沙·红桥怀古，和王阮亭韵》：

无恙年年汴水流。一声水调短亭秋。旧时明月照扬州。
曾是长堤牵锦缆，绿杨清瘦至今愁。玉钩斜路近迷楼。

这是一首很好的怀古词，词题里提到的王阮亭就是渔阳山人王士祯，曾在扬州作官，与当时名士游览扬州红桥，有过一些唱和。容若是在多年之后以中南海保镖的身份随同康熙皇帝南巡扬州，步韵和了王士祯的一首《浣溪沙》。

这首词的下片讲的就是玉钩斜的故事。“曾是长堤牵锦缆，绿杨清瘦至今愁”，被当作纤夫使用的少女们当初“长堤牵锦缆”，如今又在哪里呢？——“玉钩斜路近迷楼”。稍微多讲一点：迷楼是隋炀帝搞的一项宏伟工程，位于扬州西北郊，向前堪比阿房宫，向后堪比现在很多地方政府大楼。所以这句词耐人寻味的地方就在于把玉钩斜和迷楼作了一个并置，此时不必作任何评论，而读者的心中自然有了一杆秤，明显感觉隋朝这个社会不太和谐。

容若曾在《渌水亭杂识》里提出了咏史诗的一个创作理念：咏史诗

不能搞议论，因为一有议论就不再成其为诗词，而变成史评了。“玉钩斜路近迷楼”这一句正是对这个创作理念的成功实践，这是纳兰词中精华的地方，小资读者可以视而不见，但真正的纳兰词爱好者还是值得在这些地方留意一下的。

就典故的运用而言，这句词也是“玉钩斜”作为一个典故的最本色的用法。我们再回到《青衫湿遍》这首词来，就会感觉容若这句“咫尺玉钩斜路，一般消受，蔓草残阳”作为悼亡词来说竟然毫无道理。我所看到的注本，都把玉钩斜解作卢氏的陵寝所在地，如果真是这样，容若的用典就太失水准了。

诗人的用典，乃至许多诗词套语，都有它们固定的涵义，有特定的应用场合，就像我在上本书中多次讲到的，容若的有些词被人当成描写妻子或其他合法配偶的，但考察那些用词，会发现那都是对歌伎的用语。词语各有背景，好比我们说某个朋友去外地玩了，你很想他，你时常想起他的一些言谈举止，但你不能说“时时回想起他的音容笑貌”。虽然这么说在语法上没错，在意思上也没错，但“音容笑貌”这个词是特定用在死人身上的。诗词当中的典故和套语，也是同样的道理。

所以，当容若用到“玉钩斜”这个典故，又感叹“一般消受，蔓草残阳”的时候，我们就得想到，他所怀念的、哀悼的这位女子，一定有着和那些葬身于玉钩斜的女子们相似的特点，也就是：被皇家强夺，并不幸早逝。

再看“咫尺玉钩斜路”这“咫尺”两字，玉钩斜位于扬州，和容若绝对够不上咫尺，而咫尺其实含着“咫尺天涯”的意思，能够在容若的生活中构成这个意思的，只有那位宫中表妹。只有皇宫的红墙，才能让容若生出这样咫尺天涯的感叹。

词的最后一句“料得重圆密誓，难禁寸裂柔肠”也能证实这个推论。“重圆”是用“破镜重圆”的典故——现在我们说起“破镜重圆”

这个词仿佛很平常，凡是分手的两口子言归于好都叫破镜重圆，但考察这个典故的来历，感觉就不一样了。

事情发生在隋朝统一中国之前，南方陈国的末代皇帝陈叔宝有个妹妹叫乐昌公主，嫁给了徐德言，两人非常恩爱。当时天下动荡，徐德言预料到过不了多久就会有国破家亡的大祸发生，那时候难免夫妻被拆散。于是他取来一面圆形的铜镜，一破为二，和妻子分别保管，并约定说："如果夫妻被迫分离，你就在每年正月十五那天托人将这半面镜子拿到市场去卖。只要我还活着，就一定会去探听消息，以我的半面镜子为凭，与你团聚。"

后来，隋朝灭亡了陈国，徐德言逃亡，乐昌公主则被赏赐给功臣杨素为妾。徐德言打探到了消息，便赶到了隋都长安，打探妻子的下落，终于在正月十五那天在市场上看到一个老人高价出售半面铜镜，细看之下，果然就是妻子的那块。徐德言于是写了一首诗，托那位卖镜子的老人带回去。事情的结局是美好的：杨素知道的这件事，大受感动，把乐昌公主还给了徐德言，让他们夫妻重聚。

所以，破镜重圆这个词原本不是任何夫妻言归于好都能用的。它最适合于这样的情况：夫妻的分别是被迫的，妻子落到了权贵人物手里，丈夫几乎无能为力。这就能够解释容若"重圆密誓"的涵义了：破镜重圆的誓言是秘密立下的，不为外人所知，这说明两人的关系很可能不是合法夫妻；女主角进了一处连容若这等高干子弟都无能为力的地方，而没等破镜重圆，她就死在那里了。

最后，把这首词的大意串讲一下。——我哭起来没完，想你想得不行，想起半个月前你还强撑着病体去剪灯芯，那剪刀的声音现在还在我的耳边。你胆子很小的，连一个人待在屋子里都不敢，如今你却孤零零地躺在幽暗冰冷的棺材里。我愿意为你的魂魄引路，让你回到这回廊里来。我与你咫尺天涯，和你一样沉浸在这蔓草残阳的凄凉境况中。我拼着用我全部的眼泪，和祭奠的酒一起把你滴醒，怕你在地下仍旧为我伤神。你会劝我好好保重，别再痴情地想你。我却记得我们曾经偷偷立下再续因缘的誓言，禁不住柔肠寸断。

谁是知音者

——《清平乐·弹琴峡题壁》（泠泠彻夜）

泠泠彻夜。
谁是知音者。
如梦前朝何处也。
一曲边愁难写。

极天关塞云中。
人随落雁西风。
唤取红巾翠袖，
莫教泪洒英雄。

词题《弹琴峡题壁》，弹琴峡到底在哪里，众说不一，大约不出北京昌平区境内。史料中对不同的弹琴峡都有相似的描述：这里水流潺湲，好像琴声不绝。容若路过这里，触景生情，就在峡壁上题了这首《清平乐》。

“题壁”是中国文化中根深蒂固的一个传统。古代文人，求学的时候有所谓游学，四处转，李白就是典型；当官的也经常四处转，是谓游宦。不管到了哪里，都得看看名胜、访访名人，兴致一来就自然会写点什么。写的东西，如果篇幅大、构思时间长，往往就回家完成，比如柳宗元在柳州写的那些山水散文；如果篇幅小、一蹴即就，往往就直接题写在风景区的墙上。如果你到了古代，在某个著名风景区开饭馆，最要注意的就是墙壁装修——千万别在墙上弄些乱七八糟的装饰，一定要白墙一块，准备给知识分子们喝高了的时候写上两笔。当时有的饭馆因为生意太好了，题壁的人太多了，没两天就把墙写满了，所以隔几天就得把墙重刷一遍，准备给新客人发泄。当然，发泄也要有个限度，谁要是写上"恰如猛虎卧荒丘，潜伏爪牙忍受"，大有被收监的可能。

从社会阶层的互动来看，处于较低阶层的人总会模仿较高阶层的生活方式，老百姓虽然不会题诗，但留下的墨迹绝对不比知识分子少，这就是我们在各个风景区总能见到的"某某某到此一游"。拍照也是一种题壁型的留念形式，我们去欧洲旅游，看不看卢浮宫并不重要，重要的是得在卢浮宫的门前拍张照片。这可能根源于人在动物性中的所谓领域行为，和狗在树根尿尿基本属于同一个性质。

当然，容若此刻在弹琴峡题壁，我们还是解释成知识分子传统和士大夫情怀更好一些。

词的开篇就很巧妙，"泠泠彻夜，谁是知音者"，水声如同弹琴，彻夜不绝，谁才是这琴声的知音呢？——"谁是知音者"五个字呼应了词题的"弹琴峡"，毕竟水流声是无所谓知音的，只有琴声才有知音，开篇两句并没有提到琴字，却把琴的意思表达出来了。艺术的本质一言以蔽之就是"含蓄"，要耐琢磨。我们读文艺理论专著，专业术语一大堆，学术流派一大堆，其实说白了就是这么简单。比如你到张三家做客，你当面说他"狗娘养的"，这不是艺术，这是骂街，但你也可以用另外的方法表达同样的意思——你客客气气地对张三家的狗作了个揖，问候说："伯母好。"这虽然还是骂街，但已经步入艺术的殿堂了。

话糙理不糙，艺术理论林林总总，其实归根结底就是这么一回事。我见有些男生说到自己喜欢的作品，诸如“沧海一声啸，滔滔两岸潮”，“天下英雄出我辈，一入江湖岁月催”，其实这都不能叫诗，只不过是以近似于诗歌的形式写出来的大白话。

书归正传，我们再看下两句，“如梦前朝何处也，一曲边愁难写”。这里出现了一个很敏感的字眼：前朝。对于容若来说，所谓前朝，自然只能是明朝。容若感慨着：如梦的明朝到哪里去了？在这边塞之地，弹琴峡的琴声水声很难表达清楚那种愁绪。

这样的话，如果是黄宗羲说的，不奇怪；如果是顾炎武说的，也不奇怪。无论是侯方域、方以智，甚至是吴梅村、钱牧斋，任是谁说的都不奇怪，因为大家本来都是明朝的汉人知识分子，但纳兰性德怎么会说出这种话来！身为满洲新贵，怎么会“如梦前朝何处也，一曲边愁难写”？

这事情有点匪夷所思，而最合情合理的解释是有一点爆炸性效果的：容若其实是个汉人孤儿，被满人收养长大的。证据不止一处，他还写过“别有根芽，不是人间富贵花”，意思就是说自己并不是根正苗红的满人，也不是现在这种富贵命，身上其实流淌着汉人的血。

如果这个说法成立，容若身上的很多矛盾的确可以迎刃而解了。比如他为什么那么倾慕汉文化，为什么厌恶自己的出身，而以汉人士大夫精神自许，为什么身为一等侍卫，前途无量，却那么的不快乐……

遗憾的是，这个合情合理的猜测并没有一丁点实实在在的证据。如何理解容若的咏史心态，我在前文讲解《江城子·咏史》的时候已经作过分析，此刻我们来看这句“如梦前朝何处也，一曲边愁难写”，对照《江城子·咏史》：

湿云全压数峰低。影凄迷，望中疑。非雾非烟，神女欲来时。若问生涯原是梦，除梦里，没人知。

如梦前朝，无非是非雾非烟的“影凄迷，望中疑”，是一种客观而抽象的沧桑感，并不可能像前明遗老一样心怀故国。我在上本书里讲过一首《菩萨蛮》（飘蓬只逐惊飙转），吟咏明朝皇陵，同样可以参考。再看容若另一首咏史词《南乡子》（何处淬吴钩），风格就更清晰了：

何处淬吴钩。一片城荒枕碧流。曾是当年龙战地，飕飕。塞草寒霜满地秋。

霸业等闲休。跃马横戈总白头。莫把韶华轻换了，封侯。多少英雄只废丘。

再如《采桑子·居庸关》从“边关”这个非常敏感的意象出发，也提到所谓“前朝”：

巂周声里严关峙，匹马登登。乱踏黄尘。听报邮签第几程。

行人莫话前朝事，风雨诸陵。寂寞渔灯。天寿山头冷月横。

“巂周声里”就是杜鹃声里，诗词里出现这个意象，大多表示杜鹃啼血、亡国之痛。这首词要是汉人写的，估计早被和谐了，但容若一来身份特殊，二来他确实是以诗人的眼光来看历史，超越了一朝一代的兴亡得失。

我们再来看回本篇《清平乐·弹琴峡题壁》（泠泠彻夜），上片感叹过“如梦前朝”，下片便从客观转到主观，从宏观转到微观，“极天关塞云中，人随落雁西风”。上片宏大的王朝既然如梦，既然不知何处，在这样的对照之下，个体纵然英雄了得，又是多么的渺小呢。词中油然生出了一种无能为力的感觉，于是以“唤取红巾翠袖，莫教泪洒英

■《仕女图》之四 清·陈字 屏风绢本设色

雄”作结，似乎英雄的无助也只能在温柔乡里去寻找女子的抚慰了。

末句化自辛弃疾《水龙吟·登建康赏心亭》，辛词“倩何人、唤取盈盈翠袖，揾英雄泪”也是全词的收束之笔，历代传为名句。这一句总收全篇，所以容若这个化用一出，给读者的观感自然也涵盖了辛弃疾《水龙吟》的全篇。诗词用典之所以能使言简意赅、余味深长，这就是一个很典型的例子。我们来看这首辛词：

楚天千里清秋，水随天去秋无际。遥岑远目，献愁供恨，玉簪螺髻。落日楼头，断鸿声里，江南游子。把吴钩看了，栏干拍遍，无人会、登临意。

休说鲈鱼堪鲙。尽西风、季鹰归未。求田问舍，怕应羞见，刘郎才气。可惜流年，忧愁风雨，树犹如此。倩何人、唤取盈盈翠袖，揾英雄泪。

辛弃疾表达的是，在辽远的自然景观面前，感叹着自己一腔豪情壮志无人理解，而年华迅速老去，施展抱负的机会越来越见渺茫，只有在这温柔乡里让美女擦干自己的泪水。

我们理解了辛词的涵义，回过头来再看容若这首词下片的开头两句“极天关塞云中，人随落雁西风”，意思便豁然开朗了。容若文武兼资，本来大有一番抱负，可大内侍卫这个职位虽说和皇帝挨得近，以后也有可能官至将相，但干的事毕竟只是跟班跑腿——皇帝吟诗了，赶紧跟着唱和；皇帝有文思了，赶紧给作笔录和翻译；皇帝要出门了，赶紧安排一路的接待、住宿；唯一说得出去的差事就是去北方边疆作过一次侦察兵。所以，一等大内侍卫，这名头听起来唬人，其实不过是秘书、保镖加跟班。满人又有家奴传统，特别强调主奴之别，所以对于容若这样一个饱受汉文化熏陶、身怀士大夫经世济民情怀的大好青年来说，作跟班、做奴才实在感觉太委屈了。（在某些人看来，做奴才也是一种荣耀，因为奴才可不是谁想做就能做的，而是得有相当程度的资历和地位才行，汉人在当时的地位就比奴才还不如。）有了委屈就得发牢骚，古代知识分子发牢骚的一个主要方式就是写诗填词。韩愈说人们写文章是“物有不平则鸣”，也就是说人们留下来的文字里有一大部分都是牢骚话。我们之所以会对这些牢骚作品产生共鸣，经常是因为我们也有同样的牢骚。比如古人有一首名诗说“领导都是二百五”，我们很多现代人读起来也会觉得很爽，这就叫“古今同一慨也”。再如我们这些写书的人，即便我这样的女流之辈，对太监的遭遇就很能感同身受，因为新书上市就如同男人进宫，先得过净事房这关。

当然，辛弃疾和容若的牢骚比较高级，所以在“唤取红巾翠袖，莫教泪洒英雄”才会生出一种悲凉的美感。这样的写作方式其实正是现代商业化艺术创作的一个经典模式：英雄气要有儿女情来作衬托。回顾这几十年来的电影、电视、小说、戏剧，纯粹男性化的作品是凤毛麟角的。

从此伤春伤别，黄昏只对梨花

——清平乐（风鬟雨鬓）

风鬟雨鬓。
偏是来无准。
倦倚玉阑看月晕。
容易语低香近。

软风吹遍窗纱。
心期便隔天涯。
从此伤春伤别，
黄昏只对梨花。

这首《清平乐》（风鬟雨鬓）是纳兰词中极旖旎绮丽的一首，是容若早期的作品。

开篇“风鬟雨鬓”出自《柳毅传》，说龙王的爱女受欺负，在野外放羊，风鬟雨鬓，让人看了很不忍心。李清照《永遇乐》也说过“如今憔悴，风鬟雾鬓，怕见夜间出去。不如向帘儿底下、听人笑语”。风鬟雨鬓是形容女子头发散乱，但头发散乱的原因未必一样。对于龙女来说，整天受欺负，既没有梳妆打扮的时间，也没有梳妆打扮的必要；对于李清照来说，年华老去，又一再遭逢坎坷，憔悴的样子虽然小心不被别人看到，但毕竟瞒不过自己。女子天性爱美，风鬟雨鬓去见人总会有些特殊情况的。

容若这首词里，这位风鬟雨鬓的女主角既没受人欺负，也没有伤心憔悴，而是怀着爱情的喜悦去见心上人的。这就使我们大感诧异：恋爱中的少女去赴男友的约会，怎么可能拿出一副风鬟雨鬓的造型呢？

答案就藏在下一句里："偏是来无准"，赴约会不但风鬟雨鬓，还很不守时。为什么会这样呢？答案呼之欲出：他们的约会是秘密进行的，既要掩人耳目，时间又很仓促，等女主角赶过来了，自然头发也乱了，时间也没准了。但这都没关系，只要来了就好。只要来了，就会"倦倚玉阑看月晕，容易语低香近"。——这是这首词中最旖旎的一句，两个人玩得累了，倚着阑干共赏那朦胧的月色，不知不觉间就语声更低了、挨得更近了，近得连女主角身上的香气都闻得清清楚楚了。

这里的"玉阑"，有的版本写作"玉兰"，如果是"倦倚玉兰看月晕"，意思应该更胜一筹，因为"语低香近"的"香"在这里便具有了双关的涵义，明指玉兰的香气，暗指女主角的体香，话说在欲破未破之间，最让人浮想联翩。

"语低香近"一语其实并非容若的原创，而是来自晏几道的《清平乐》（心期休问）——词牌一样，关键词的位置也一样，还有其他一些相似的地方。如果我们看过小晏这首《清平乐》（心期休问），可能会用现在的电影语言，说容若这首词是向小晏的致敬之作。不过可以肯定的是，容若的翻拍作品的确大大胜于小晏原作。

我们来看晏几道的《清平乐》（心期休问）：

心期休问。只有尊前分。勾引行人添别恨。因是语低香近。

劝人满酌金钟。清歌唱彻还重。莫道后期无定，梦魂犹有相逢。

小晏写的也是两情相悦的场面，只不过女主角的身份很明确，是一名歌伎；主题也不是甜蜜的恋情，而是欢笑场上无数次逢场作戏中的一次。词的大意是说：别问人家心里是不是真的动情了，其实大家只是酒桌上乐这么一会儿，就这么一点缘分而已。但歌女还是殷勤地敬业尽职，凑得那么近，声音那么嗲，让我这个匆匆过客竟然舍不得离去了。歌女把酒劝了又劝，把歌唱了又唱，但我终究要走了。别说以后再没有机会见面了，我们还会在梦里相逢的。

前人论词，常有把小晏和容若并举的，其实这两个人的风格有一点貌合神离。小晏的一些词，旖旎而略近糜烂，有点纸醉金迷的感觉，相形之下，容若的词就清纯多了。比较一下这两首《清平乐》，就可以看出一二。

下片“软风吹遍窗纱，心期便隔天涯”，这两句一出，是一个很有修辞涵义的转折，我们到此方知上片里“语低香近”的柔情蜜意原来已成回忆，如今只剩下男主角一个人在远远地思念着女主角。

结尾两句非常煽情：“从此伤春伤别，黄昏只对梨花”，语言一点都不激烈，所传达出来的愁绪却当真让人感到浓浓的化不开，果然是词家高手的笔墨。之所以能够达到这个效果，主要一个原因就是：思念的忧伤被“有节制”地表达了出来，而不是毫无保留的宣泄。夸张点说，如果容若在这边撕心裂肺，一哭二闹三上吊，确实感情真挚、浓烈，但那就不成其为艺术了。这也正是中国古典诗词在表现手法上区别于西洋诗歌的一个重要特征。

博山炉烬未全灰

——《浣溪沙》（脂粉塘空遍绿苔）

脂粉塘空遍绿苔，
掠泥营垒燕相催。
妒他飞去却飞回。

一骑近从梅里过，
片帆遥自藕溪来。
博山香烬未全灰。

这首《浣溪沙》（脂粉塘空遍绿苔）看似明白如话，其实很有扑朔迷离的地方。

首句“脂粉塘空遍绿苔”，脂粉塘是江南一个美丽的地名，传说也叫香水溪，是西施沐浴的地方。吴王宫中的女子们都去香水溪的源头处洗妆，所以这里的溪水有一种特殊的香气。在容若的词里，脂粉塘长满了青苔，非复旧时模样，古代的美女们一个都看不见了，只看见燕子忙着筑巢。由此引出了第三句“妒他飞去却飞回”，一个“妒”字，人物便在如画的词中悄然出现了：有一个站在脂粉塘边的人，正看着这里的绿苔和燕子，心里生出了妒忌。

妒忌谁呢？字面上看，这个人妒忌的是那些燕子，正是燕子的飞去飞来引起了他的妒忌。我们会很难理解，燕子飞去飞来自是一件再正常不过的事，有什么可妒忌的呢？到了这里，至少存在两种可能的解释。一是这首词是容若扈从康熙皇帝巡游江南的时候作的，他留恋江南的风景，留恋江南的女子（沈宛），但他毕竟是皇帝的跟班，时间是不属于自己的，纵然很希望能像燕子一样在这片美丽的地方逡巡不去、乃至筑巢而居，但皇帝鞭梢指东，自己就不能往西；二是这首词和容若本人的经历并无关系，只是一首闺怨词，词中的人物是一位虚拟的少妇，看着脂粉塘长满青苔了，看着燕子飞来飞去，想到自己的男人离去多时，不知道什么时候才能回来。

因为上片涵义不明，下片的涵义也跟着模糊起来。“一骑近从梅里过，片帆遥自藕溪来”，近景是一个男人骑着马经过梅里，远景是一条船缓缓从藕溪驶来。这是画，也是诗；所谓诗中有画，画中有诗，本质上也就是王国维所谓的诗歌里边不存在纯粹的景语，凡是景语其实都是情语。那么，这两句到底表达了怎样的情绪呢？如果从闺怨主题来看，这自然表现的是那位少妇的相思，总希望那一个走过来的就是自家的男人；如果从容若本人的抒情来看，像是他自己陶醉在这江南的诗情画意当中了。

这里有一个艺术手法值得注意。大家可以注意一下，无论是山水诗还是山水画，许多名作在用大篇幅表现风景的同时，都会在作品当中点缀一点人气——这点人气可以是非常局部的，要么是山弯里的一缕炊烟，要么是小桥上一个骑驴的人，就是靠着这样的一点人间烟火气，整个作品给人的感觉就完全不一样了。

“一骑近从梅里过，片帆遥自藕溪来”，一个近景，一个远景，都是外景，都是动态的，结句“博山香烬未全灰”转为一个静态的内景。博山炉是香炉的代称，据说长安曾有一位名叫丁缓的巧匠能制作九层博山香炉，炉子上雕刻有千奇百怪的鸟兽，极尽精妙之能事。为什么小资喜欢纳兰词，这就是一例，因为容若的词里尽是这种讲情调的东西，而且人家贵公子的身份在那儿摆着，所以肯定不会出现追捧超市冰淇淋之类的尴尬事。

这种情调，再如号称江南艳宗的“欢作沉水香,侬作博山炉”，把恋人比作沉水香，把自己比作博山炉。富贵文人，恋爱也是高贵的。

再看“博山香烬未全灰”，这收尾一句的字面意思很简单：用博山炉烧香，香刚刚烧尽，香还有些余热，没有完全成灰。妙就妙在，在前边的铺垫之下，读者自然知道这句纯粹描写博山炉的句子绝对没有这么简单，自然会联想到主人公那望眼欲穿的期待——期待已经完全变冷了，但又没有完全放弃，无论如何都还有一点余热在无望中继续期待着。这一句比之前人的名句诸如“过尽千帆皆不是，斜晖脉脉水悠悠，肠断白萍洲”一类的更为高明，把期待的心态把握得更加准确，余味也更加深长。

到了最后，我们应该可以推断，这首词以闺怨为主题的可能性应该更大，至少以闺怨主题来理解词意更见容若艺术手法的高超。

这首词还有一个很有趣味的特色：短短的一首小令，用到了好几个地名，但一点也不觉得生硬。原因就在于：这些江南地名实在太美了，美得已经不像地名了。

“脂粉塘”就是词中出现的第一个地名，前边已经讲过，下片的一组对仗里，“一骑近从梅里过，片帆遥自藕溪来”，“梅里”和“藕溪”也都是地名。有的注本把梅里解释成梅花丛里，把藕溪解释成长满莲藕的小溪，这就望文生义了，尽管字面上确实给人这样的印象，尽管这样理解也一样很有美感。梅里也叫梅李，在无锡东南，相传周太王的长子泰伯、次子仲雍为了满足父亲立幼子季历接班的心愿，避居南方蛮夷之地，被当地土著拥为首领，成为吴国的始祖，而他们最初的这个落脚点就是梅里。我们现在知道吴国旧址在苏州，苏州城出自伍子胥的规划，但这苏州是吴国后迁来的。迁到苏州之后，吴国还在梅里建了泰伯庙。当然，如果从历史学的角度讲，这可是先秦历史的一大疑案，专家们吵得不可开交，我也不知道现在他们有没有争出结果。

藕溪，浙江嘉兴一带有个藕溪，在清代是文人吟咏的一处名胜。但容若这里讲的藕溪应该是无锡西北的一处地方，也叫藕塘桥镇。

脂粉塘、梅里、藕溪，地名取得都这么漂亮，拿着这样的一张地图在手，应该感觉就像捧着一本诗集了。名字的好听与否对人的感觉是很有影响的，容若现在为什么这样有名，除了众所周知的原因之外，名字好听应该也是一大原因。容若和慈禧太后本是一家，如果我们称慈禧为纳兰氏，肯定对她会平添几分好感，如果称容若为那拉容若，至少有相当比例的小资读者就该掉头而去了。在《清史稿·文苑》纳兰性德的本传里，既不称他纳兰氏，也不称他那拉氏，而是用了一个极不符合汉族审美观的名字：纳喇氏。姜宸英给容若撰写墓表，开篇就说“君姓纳腊氏”。名号一个比一个难听。我又是会想，如果词集还是同样的词集，只是题目从《纳兰词》换成《纳喇词》或者《纳腊词》，对销量会有多大的影响呢？记得以前读《伊豆的舞女》时忽发奇想：如果故事不变，书名改成《保定的舞女》，还会有那么多人喜欢吗？

■《雍正妃行乐图》之一 佚名 立轴绢本设色

伴我萧萧惟代马，笑人寂寂有牵牛

——《浣溪沙》（已惯天涯莫浪愁）

已惯天涯莫浪愁，
寒云衰草渐成秋。
漫因睡起又登楼。

伴我萧萧惟代马，
笑人寂寂有牵牛。
劳人只合一生休。

这首词写得很漂亮，内容也很能引人共鸣：对工作不满，发牢骚。

文化程度高，牢骚就发得漂亮。我们看古人写诗填词，风雅得紧，其实很大一部分篇幅都是发牢骚用的。现在我们置身事外，把诗词作品当作艺术作品来欣赏，而在古人那里，诗词既是艺术创作，更是实用性很强的一种工具——既是发泄工具，也是游戏工具，还是社交工具。

容若写这首词就是为了发牢骚，当时他很可能在做着弼马温一类的官，需要去塞外牧马。容若对工作一向尽心尽力，这次也不例外，把马养得又肥又壮。也许容若能够认识到这样的基层锻炼对自己今后的仕途发展是很有益处的，但他毕竟怀有士大夫情结，又是一个诗人，干这些粗活儿心里难免会不痛快。不痛快的情绪发之于词，并不激越，却很疏懒，这也许就是性格与文化背景使然吧。

首句“已惯天涯莫浪愁”，“浪”是空自、白白的意思，这句是说自己一直给领导当小弟，一会儿被支使到这儿，一会儿被支使到那儿，但有什么办法呢，还不是得忍着，愁也没用，反正也习惯了。

接下来“寒云衰草渐成秋”，字面上看，这是从心理描写转到景物描写，其实是用第二句来强化第一句所传达出来的情绪，意思是说：这样的苦日子总也没个头，看现在天又冷了，草又衰了，消磨消磨地又是一年过去了。

“漫因睡起又登楼”，“漫”字有的注本解释为“休”、“莫”，这是不对的，“漫”字没有这个义项。诗词里常见这个“漫”字，比如杜甫的名句“却看妻子愁何在，漫卷诗书喜欲狂”，“漫”指的是随便地、散乱地。

“漫因睡起又登楼”，字面上看，这是动作描写，实则还是传达情绪、深化情绪。“登楼”是诗词的一个套语，起先是“建安七子”里的王粲登了一次楼，在楼上看世界，视野自然和楼下不同，沧浪感慨之情一发而不可收拾，于是写了一篇《登楼赋》，后来不但“王粲登楼”成了一个典故，诗人们有事没事地也总愿意去登个楼感慨一番。感慨的内容也有固定模式，基本不外乎岁月蹉跎、壮志消磨什么的。所以我们只要看到“登楼”就往这方面想，九成都是没错的。在容若这首词里，这样理解自然也没有错。

这一句，先是“又”字用得好，传达出了一种百无聊赖的情绪，而登楼的起因是什么呢？——这更是一个妙笔：“漫因睡起又登楼”，仅仅因为睡醒了，就溜达溜达登楼去了。“起床”和“登楼”之间本来毫无逻辑关系，但正是没逻辑才显得有韵味，表现出人物的行为已经不受理性驱动了，如同一具行尸走肉。之所以这样，原因就在前两句里：被各种差事磨的。如果马克思看到了这首词，一定会说这就是人的异化，资本主义就是这样把人摧残为非人的。

人生最恒久的悲哀莫过于真我与角色的不合拍——安贫乐道的人处于贫困的环境中并不会有什么不快，但一个虚荣心强的人来过同样的生活就会感觉生不如死；让一个诗人、士大夫去做奴仆、做跟班，自然也不会觉得好受。不好受，却无力抗争，这能怎么办呢？——如果换到现在，问题就好解决了，给容若一本鸡汤版《论语》了事，但容若那年头学的《论语》却一点都不鸡汤，反而充盈着一种高贵的士大夫情怀。这就真没办法了，只好写诗填词来发泄了。

下片以一个对仗句说明自己的处境："伴我萧萧惟代马，笑人寂寂有牵牛"。"代马"，严格意义上是指代地的马，代是山西北部，古为代郡，这里的马很出名；但到了容若的时候，代马就只是一个泛称了，表示北方的马。"牵牛"就是和织女星隔河相望的牛郎星。这两句是说：和我做伴的没有人，只有马，连牵牛星都笑话我没有法定节假日可以回家探亲。

这两句说得很是凄凉，尤其是第二句，牛郎织女一年一会本来就够惨了，但好歹每年都有这么固定的一天，容若却连这固定的一天休假都没有，想想家里的妻子，越想越想。想也没办法，还是回不去，最后化为一声叹息："劳人只合一生休"——咱就是这个命，一辈子都别想翻身了。

这里的"劳人"，有的注本解作劳苦之人、行役在外的人，这是望文生义的。"劳人"语出《诗经·小雅·巷伯》"骄人好好，劳人草草"，这句诗里的"劳人"究竟在训诂上怎么解释，说起来是有一点麻烦的，但是，我们可以肯定的是，在饱受儒家典籍教育的容若那里，对"劳人"的理解应该就是当时儒生们的主流理解，即"忧劳之人"。也就是说，不一定是干体力活儿的、行役在外的人，只要心中忧劳，就是劳人。从这个例子我们可以看出来，要理解古诗词，最好能把古人常读的书都读上一遍。——当然，这个要求太高了，只适用于少数人。

倚马客临碑上字，斗鸡人拨佛前灯

——《浣溪沙》（败叶填溪水已冰）

败叶填溪水已冰，
夕阳犹照短长亭。
何年废寺失题名。

倚马客临碑上字，
斗鸡人拨佛前灯。
净消尘土礼金经。

这首词，是容若在一个萧瑟的冬日里途径一处荒废的寺院，有感而作。

“败叶填溪水已冰”，交代外景，残败的落叶填满了小溪，而小溪也早就结冰了。“夕阳犹照短长亭”，“短长亭”在前文已经讲过，是城外供路人歇脚的地方。“何年废寺失题名”，镜头拉近，一座寺院不知是哪年修建的，匾额要么朽坏了，要么被蛛网遮盖了，看不出这寺院的名字。

上片这三句话就像电影一开始时的镜头手法，先给人一个“败叶填溪水已冰”的画面，然后摇成远景“夕阳犹照短长亭”，然后镜头逼近一座废寺，在门口停顿片刻，再模仿人抬头仰望的感觉向上转到匾额。当然，真要用镜头来表现，自然会比这三句词更流畅、更细腻，但在诗词的表现能力里边，这三句已经非常精彩了。

诗词里边写景的句子和电影的镜头手法是异曲同工的，如果不懂这些，写出来的东西就会像室内剧一样，毫无镜头美感可言。这种手法在诗歌艺术史上也有一个发展的过程，唐人讲“诗中有画”，这还只是使诗歌语言具有了静态的画面美，还没有动态的镜头美，到了容若的时候，这种镜头美就比较成熟了。现在还有很多人说诗必盛唐，一来是崇古心理作祟，二来是对历代诗歌缺乏综合了解，三来唐诗比较通俗，易于被广大人民群众接受。事实上艺术总是越发展越高明的，只是越高明的东西就越少有人能够领会。

下片把镜头从“景”切换到了“人”的身上：“倚马客临碑上字，斗鸡人拨佛前灯”。这个对仗很工整、很巧妙，也很费解。有注本说这里“倚马客”和“斗鸡人”对举，意思是这座寺院里的人已经不是往日的善男信女了，而是前来闲游的过客，或是贤人雅士，或是豪门贵族的公子哥们。此中涵义，是说无论古今，贤愚不肖，各色人等，此际都成为了过去。

但这个解释未必就是对的。这两句词的难解，有人说是用典太偏，我倒觉得难度不在这里，而在于你很难确认它们到底是用典还是白描。

“斗鸡人”确实有个典故。唐玄宗宠爱一个叫作贾昌的斗鸡小孩，给了他极其尊贵的待遇，而且恩宠达几十年之久。但斗鸡斗得再好，毕竟也是个弄臣，贾昌的待遇让文人们很看不惯，少不了写诗讽刺。后来安史之乱爆发，唐玄宗逃亡蜀地，贾昌没了靠山，只好隐姓埋名寄居于一所寺院，家里那么多的财富全被乱兵所劫，一点都没剩下。大概是因为受了这个刺激，也受了这一段寺院生活的感染，等时局稳定下来之后，贾昌没再重操旧业，而是真当和尚去了。他是弄臣出身，一直都是个富贵文盲，老来勤读佛经，也开始识文断字了，从此像换了一个人似的，开始了清苦的修行生活。

“倚马客”也有个典故，这是大家熟知的“倚马千言”，现在我们夸一个人可以随时随地给领导写稿子，也可称“倚马千言，文不加点”。

在我看来，这里的“倚马客”和“斗鸡人”都不是白描，而是用典，因为一来这两则典故都很切合容若的身份；二来从对仗规则来看，如果“斗鸡人”是用典，与之对应的“倚马客”应该也是用典，这是通常注本不察的地方。

从“倚马客”来看，容若一来才情过人，确实有着倚马千言，文不加点的本事，二来他做的也正是这种差事，经常要给康熙皇帝处理公文、翻译应景之作等等。“倚马客临碑上字”突出的一个反差：为领导写稿子的大手笔如今竟然在这荒废的寺院里临写碑文。

从“斗鸡人”来看，容若也是一般地“少年得志”，虽然不是弄臣，但也不是大臣——以满洲传统论，他只是一个奴才；以工作职责论，也无非是个秘书、保镖、跟班。尽管甚得皇帝宠信，那又如何呢？和斗鸡神童贾昌又有多大的分别呢？越是深入汉文化，越是难免会对自己的身份产生无法认同的感觉。而今在这座荒废的寺庙里，“斗鸡人拨佛前灯”，这个皇帝驾前的红人也像安史之乱以后的贾昌一样，在佛家的世界重新寻找安身立命之所了。

末句“净消尘土礼金经”，所谓“金经”，有注本解释为《金刚经》的简称，这是不对的；有注本认为泛指佛经，这是对的，却未详述此说法的来历。为什么佛经会被称为金经，因为抄写佛经会消耗大量黄金——古人写字，无非是用文房四宝“笔、墨、纸、砚”，至多也就会用到朱砂，而抄写佛经可大不一样，墨里是要掺金粉的。抄啊抄，工工整整的，泥金小楷《金刚经》，想想就觉得漂亮，就觉得尊贵。一个人抄，两个人抄，倒也用不了多少金子，可架不住千千万万个人抄。当千千万万篇漂亮尊贵的泥金小楷佛经被抄完之后，也就又有大量的黄金被这么消耗掉了。历史研究者曾对中国历史上大量黄金的消失感到难以理解，后来得出的结论就是：黄金都被佛祖弄走了，一是金粉抄佛经，二是没完没了地给佛像重塑金身。

重新品位容若这首词的下片三句，“倚马客”表示一流的才干，“斗鸡人”表示荣耀与地位，而这些在一座荒废的寺院之中却完完全全地匍匐了下来，所谓“净消尘土”既写实（拂去衣服上的征尘），也是写虚（忘掉尘世的纷扰），最后的归宿只有这寂寥的佛前。这是怎样一种刺骨的消沉呀。

逗雨疏花浓淡改，关心芳草浅深难

——《浣溪沙》（肠断斑骓去未还）

肠断斑骓去未还，
绣屏深锁凤箫寒。
一春幽梦有无间。

逗雨疏花浓淡改，
关心芳草浅深难。
不成风月转摧残。

“肠断斑骓去未还”，什么是“斑骓”？很简单，杂色的马。但有的版本写作“班骓”，解释起来就深刻得多了：“班骓”即“班马”，“班”在这里的意思是“离别群”，所以“班骓”就是离群的马，比如李白诗里的名句“挥手自兹去，萧萧班马鸣”。班马也因为李白这一名句而有了伤心离别的涵义，于是“肠断斑骓去未还”是说心上人骑着马走了，一直没有回来，让自己非常思念。

但这个解释恐怕失之过深，首先因为“班骓”很难等同于成“班马”，古文里的确有个别“班骓”，但恐怕是“斑骓”的误写；其次这句话是有出处的，即李商隐诗“关河冻合东西路，肠断斑骓送陆郎”。

■《雍正妃行乐图》之二 佚名 立轴绢本设色

所以，这句词的意思依然是伤别没错，但“斑骓”仅仅是杂色马而已。

“绣屏深锁凤箫寒”，“凤箫”就是排箫，是用一堆长短不齐的竹管排在一起做成的，形状像凤凰的翅膀，所以叫凤箫。其实单从形状看，说它像老鹰的翅膀也没错，但人们更愿意选用美丽的字眼。这句词写的是闺房景象，女主角很寂寞，说“凤箫寒”其实是说自己冷，至于为什么冷，不是因为没太阳，而是因为没男人。词到这里，主题便很明确了：闺怨。

“一春幽梦有无间”，女人想起男人来，最难捱的季节就是春天。想着他，梦着他，日子过得浑浑噩噩、恍恍惚惚。

下片的对仗是很漂亮的句子：“逗雨疏花浓淡改，关心芳草浅深难”，花朵被雨水打湿，色彩浓浓淡淡，不再是原来的样子，最牵我心的芳草也在雨中浅深难辨。最后归结为一句伤心话：“不成风月转摧残”，难不成老天爷不再有爱心了么！

详细讲讲“逗雨疏花浓淡改，关心芳草浅深难”，字面上看，上句写花，下句写草，初阶读者只能读到这步，但你若能读出这是远景和近景的对照，就说明你在古典诗词上已经进入中高阶的程度了。肯定有人不解：草坪里开花也好，花园里开花也好，花和草明明都是一起的，为什么花是近景、草是远景呢？答案是：即便花和草真的都是一起的，但这是自然景观，而花是近景、草是远景则是诗歌景观，不是一个范畴。

“草”，尤其是“芳草”，是一个诗歌套语，有它的特定涵义。“离离原上草”的最后是“又送王孙去，萋萋满别情”，再如“离恨恰如春草，渐行渐远还生”。草产生的意象是：望眼茫茫一片，正所谓“斜阳外，古道边，芳草碧连天”，离人的背影会消失在这里，再也看不见了。

知道了这点，再看另一层结构。“逗雨疏花浓淡改，关心芳草浅深难”，在动作上和“举头望明月，低头思故乡”是一类的：一个是由举头望月而低头思乡，一个是由低头看花而举目望远怀人。

再看什么叫“关心芳草”。这个“关心”不是care的意思，而是一个动宾结构。这从对仗的规则就可以推断出来：上联的这个位置是“逗雨”，很好理解，是个动宾结构，而“关心”和“逗雨”在词性上应当相同。“关心芳草”字面上是说芳草关乎我心，涵义是让我“萋萋满别情”的那个男人让我满心挂牵。

到此，这两句话还没讲完，还有它们的出处要讲。这漂亮的两句话并不是容若的原创，而是化自王次回（名彦泓，字次回）的“时世梳妆浓淡改，儿郎情境浅深知”。纳兰词里的不少名句妙笔都是要么化自王次回的诗，要么直接套用王次回的诗，但纳兰容若如今名满天下，王次回却没几个人知道，讲文学史的书也讲不到他。我们甚至可以说，王次回就是藏在纳兰词背后的无名英雄。

王次回是明朝人，他的诗曾经也流行于明清市井。他也算个情种，感情遭际比容若更惨，悼亡诗也没少写。但和容若不同的是，他只是一个落魄文人，还曾在一次科场失意之后写过这样的诗：“有才轻艳真为累，作计疏狂不近名”，和柳永那著名的“才子词人，自是白衣卿相”有得一拼。从身世来看，我们去读容若，感觉像看《流星花园》，而去读王次回，自然少了可供小资们意淫的闪光点。换句话说，如果把容若比作西施，王次回就是豆腐西施。

容若的词，远溯秦观、黄庭坚，而最近身的、最重要的源头则是王次回。当容若义无反顾地声称甘愿以词表达男女之情而和秦观、黄庭坚一起下地狱的时候（见上本书讲解“眼看鸡犬上天梯，黄九自招秦七共泥犁”），其实还有个切近的典故：王次回据说就是在上厕所的时候不慎掉进粪坑而死的，正人君子们认为这就是他整天写些情爱诗歌的报应。

地狱有多恐怖，各人有各人的想像，粪坑的恐怖却是近在眼前的。

王次回究竟是不是这么龌龊地死去的，史无可考，但这个传说足以说明社会上的一种流行看法。

不过，二人虽属同道，以诗词水准而论，容若确实要胜过王次回一筹。也许贵公子的眼界到底要比穷酸文人为高，中国老一派的文艺理论总是说艺术来自于人民、劳动人民创造最伟大的艺术，如果二人转也叫艺术的话，这么说倒也没错。但我更接受普希金的话，诗歌是贵族的，要有贵族气。在眼下的例子里，同样的句子，放在王次回的诗里就总显得期期艾艾的，小家子气，而放在容若的词里，哪怕是原封不动地放进来，气象马上就不一样了。这是一个古今恒常的规律：贵族眼里没有柴米油盐。作为一个生计维艰、家庭负担巨大的普通劳动者，面对这些人我实在掩饰不住心中的嫉妒：他们不需要考虑生计，也不用嫉妒别人；他们心境自然开阔，他们眼界清澈爽朗；写诗填词，日臻境界。是啊，如果整天要为柴米油盐操心，只怕容若写不出这种东西来了。

作为比较，我们来看一下王次回这两句所出的原诗《宾于席上徐霞话旧》：

重见徐娘未老时，蕙兰心性玉风姿。
不忘杜牧寻春约，犹诵元稹记事诗。
时世梳妆浓淡改，儿郎情境浅深知，
栖鸾会上桐花树，俊眼详看一稳枝。

王次回“时世梳妆浓淡改，儿郎情境浅深知”说的是世态人情的不可琢磨，用女子梳妆和少年情事来作比喻，不可谓不新奇精妙。与容若的化用作比较，王次回显然入世太深、心思太老，不像容若挚情挚性、天真无邪。这是气质使然，更是身世使然。写这类作品，用王国维的话说，作者入世越浅越好，典型的例子就是李后主生于深宫之中，长于妇人之手，这对自身的成长虽然不利，却是这一类艺术作品最好的土壤。

最后还有一个问题不知道大家注意到没有：为什么容若也好，王次回也好，那么多文人士大夫都热衷于去写闺怨诗词？为什么他们那么热衷于模拟女子的口吻去想男人？——对这个问题应该可以作一下社会学研究了，但大体推测一下，原因可能是这样的：文人们很希望找到红颜知己，和自己能作平等交流，但在那个“女子无才便是德”的年代里，红颜知己实在太难找了。容若的妻子就没法和容若去作诗词唱和，王次回家里也是一样，即便是欢场上的女子，很多精力也都用来学习吹拉弹唱了，再说就算想学文化，也很难找到合适的老师来教——老夫子去青楼教授之乎者也，想一想也觉得滑稽。于是，妇唱夫随的美好愿望就只有在想像里达成了。

真正能把诗词写好的女子在整个中国历史上都少之又少，多数的才女都存在于文人士大夫的想像世界里。意淫到达了一种境界，就成了艺术。

欲倩烟丝遮别路，垂杨那是相思树

——《蝶恋花》（眼底风光留不住）

眼底风光留不住。
和暖和香、又上雕鞍去。
欲倩烟丝遮别路，
垂杨那是相思树。

惆怅玉颜成闲阻。
何事东风、不作繁华主。
断带依然留乞句，
斑骓一系无寻处。

这首词仍写伤别，也仍是以女性的口吻作出来的。

“眼底风光留不住”，这是直接套用辛弃疾的词“眼底风光留不住，烟波万顷春江橹”，但容若的“眼底风光”恐怕大不同于辛弃疾的“眼底风光”，这要到下文才能明白。

下文是“和暖和香、又上雕鞍去”，出自王次回“怜君辜负晓衾寒，和暖和香上马鞍”，意思也和王诗如出一辙：你这男人，一大早就从这又香又暖的被窝里爬起来了，穿上衣服就上马走了。一个“又”

字，说明这种情形并不是第一次了，大见女子的娇嗔之态。这时候我们再回顾第一句“眼底风光留不住”，那“风光”到底说的是什么，也就不问可知了。有注本说这几句是表现送行者的心情，她留不住恋人，觉得眼底风光、心头温暖，都被马匹带走了。这个解释是比较单纯的，可备一说。

接下来两句尤见深情：“欲倩烟丝遮别路，垂杨那是相思树”。所谓“烟丝”，和吸烟没关系，是指柳丝在早晨的雾气和熹微的阳光下迷蒙如烟的样子。女主角希望柳树的枝条可以遮住男人离去的道路，或许是别让他走，或许是别让自己看见他的背影而徒惹伤心，但柳树毕竟是无情的东西，不会满足自己的这个愿望。

所谓相思树，并不是一个修辞上的称谓，而是真有这种树，前文讲韩凭夫妻死后，坟墓上生出了连理枝，长连理枝的这种树就是相思树。现实中的相思树很高大，生在南方，木质很好，是打家具的好材料。家里如果摆着用相思树打成的家具，感觉一定很浪漫——当然，也许有人觉得这是焚琴煮鹤。

下片进一步感叹，“惆怅玉颜成闲阻”，这里有个繁体字简化造成的麻烦。“闲阻”就是阻隔、隔断，这个“闲”，繁体字的本字就写作“閑”，本义是木栅栏，宋元以后俗写为“闲”；而我们常用的“闲”，繁体字本来是“閒”。这本是两个不同的字，但简化以后都一样了。我们读简体字版的古书，同类问题还会遇到不少。

“惆怅玉颜成闲阻”，是说恋人那美好的脸容转眼又看不见了——有的注本说“成闲阻”是“再也见不到了”，这是断章取义，因为从上片“又上雕鞍去”便可推断，这一次清晨的分别不过是两人许多次同样分别中的一次而已，两人过着这样的日子，女主角很希望男主角每天能多陪自己一些。

“何事东风、不作繁华主”，“繁华”就是“繁花”，上本书讲过，古代的“华”就是“花”的意思，“花”是后起的俗字。东风不给繁花作主，这是说春光到了时候总会过去的，花儿到了时候总会凋谢的，幸福的生活一样是挽留不住的，所以无可奈何，无能为力。

意思说到这里，最后作了一个巧妙的转折：“断带依然留乞句，斑骓一系无寻处”，你的诗还在我这里，你的人却不知道跑到哪儿去了。这里用到一个典故，也是上本书里讲到的：唐朝时，洛阳有个女孩子名叫柳枝。柳枝的爸爸是个有钱人，喜欢做买卖，但不幸遭遇风波而死；柳枝的妈妈最疼柳枝，搞得家里的男孩子们反而不如柳枝妹妹有地位。柳枝已经十七岁了，也是喜欢梳妆打扮的年纪了，但她对这些事总是缺少耐心，倒喜欢弄片树叶吹吹曲子，她也很能摆弄丝竹管弦，作出“天风海涛之曲，幽忆怨断之音”。

李商隐的堂兄李让山是柳枝的邻居，一天，李让山吟咏李商隐的《燕台诗》，柳枝突然跑了出来，吃惊地问：“这诗是谁写的呀？”李让山说：“是我一个亲戚小哥写的。”柳枝当即便要李让山代自己向这个“亲戚小哥”去求诗，大概还怕李让山不上心，特地扯断衣带系在了他的身上以为提醒。容若所谓“断带依然留乞句”，出处就在这里。

如果人走了，什么都没留下，这还不够悲伤，最悲伤的是人走了，美好的回忆借着某件物品而留了下来，自己却明明知道那个人再也回不来了。

不恨天涯行役苦。只恨西风、吹梦成今古

——《蝶恋花》(又到绿杨曾折处)

又到绿杨曾折处。
不语垂鞭、踏遍清秋路。
衰草连天无意绪,
雁声远向萧关去。

不恨天涯行役苦。
只恨西风、吹梦成今古。
明日客程还几许,
沾衣况是新寒雨。

容若做过侦察员,赴塞外公干,这首词就很有可能写于这次公干的途中。

如果仅从词意判断,这首词应该写于刚从北京出发的时候,线索就在第一句“又到绿杨曾折处”。“绿杨”不是杨树,而是柳树。柳树作为一个经典的诗歌套语,每每与离别有关,要么是折柳枝送行,要么是用笛子吹一曲《折杨柳》,要么是在河堤上望着烟柳迷蒙、离人远去,大体不出“离别”二字。此刻,容若来到了曾经折柳送别的地方,大概

是想到当年自己出门的时候，妻子总会在这里送行，而今妻子亡故，没有人来送自己了，于是“不语垂鞭、踏遍清秋路”，一副倦怠无神的样子，不想说话，马鞭也懒懒地垂着，任凭马儿驮着自己在清秋的道路上慢慢走着。这两句是写近景、实景，传达出一种怅惘、萧索的情绪。

接下来转到远景、虚景，“衰草连天无意绪，雁声远向萧关去”，萧关指的是西北边关，这两句如同电影镜头，在“又到绿杨曾折处。不语垂鞭、踏遍清秋路”之后，让男主角抬头远眺，镜头于是模拟男主角的眼睛，看到远处天地交接的地方，地上茫茫衰草，天空是直向西北的雁阵，一派秋光萧瑟、心绪凄迷的样子。

其实，如果较真的话，这两句说的有点毛病：既然天冷了、草衰了，大雁确实该迁徙了，但不该往西北飞，而是往东南飞。一句“雁声远向萧关去”，虽然以“雁声”和“萧关”构成了一组非常和谐的意象符号，很符合意象主义的创作手法，却是歪曲事实来营造诗意了。

上片把意象造足，下片便转入抒情：“不恨天涯行役苦。只恨西风、吹梦成今古。”诗人和女人总有异曲同工之处，说“不恨”，其实就是说“恨”。恨的是“天涯行役苦”，意思就是不愿意出差，只愿意在家陪老婆。“只恨西风、吹梦成今古”和前边的“不恨天涯行役苦”并不构成一正一反的关系，而是一个递进关系：恨的是此刻秋天的西风把梦一般的往事吹散，使无聊的现实（出差）和美好的往事（在家）的距离如同现实与历史的距离一般——这是一个极其巧妙的修辞，用宏伟的、庄重的东西来比喻私密的、小情小调的东西。中国古典诗词里极少能见到这种修辞，但熟悉英语诗歌的读者肯定对此不会陌生，玄学派Andrew Marvell的名作To His Coy Mistress就是很经典的一个例子，比“西风吹梦成今古”可铺张太多了。文化差异使然，西方较外露，东方较内敛。

词到收尾，“明日客程还几许，沾衣况是新寒雨”，今天的愁还没

■《月漫清游图·青桐聚戏》 清·陈枚

完，又想到明天的愁了：明天不知道还有多少路要走，寒雨已经沾衣，明天的天气不知道该有多坏呢！人们做事情，如果自己丧失了主观能动性，便总爱去找些客观理由，于是乎，不是我不想走，而是下雨了不好走；不是我不愿意冒雨走，而是这秋天的雨水太冷了……这既是一种人之常情的表达方式，也是诗歌故作含蓄的表达方式：想表达的意思是自己不想走，但不能直说，而要通过对客观困难的强调来含蓄地传达出这层意思。我们评价一部文艺作品，所谓“耐人寻味”，一大原因就在这里，好比你今晚想留宿在男友家，又不好意思明确表白，于是找来一些理由，比如“没有末班车啦”什么的。这句“没有末班车”和“明日客程还几许，沾衣况是新寒雨”在性质上是完全一样的，这时候你就是诗人，而男友就是读者，如果他对你这句诗的解读是“可以打车”，然后给你摸出五十元打车费来，或者勇于表现自己的关心说：“我骑车送你回去”，这就是没能注意到你那句“没有末班车”是一句“耐人寻味”的话。

诗歌为什么能深入人心，因为它们表达的也无非就是普通人的饮食男女、喜怒哀乐，所以才有大众接受度；既然表达的东西如此肤浅，为什么会是美的，因为诗歌总是用含蓄的语言来表达肤浅的内容，含蓄了，也就美了。生活是□□，诗歌是前戏。

休说生生花里住，惜花人去花无主

——《蝶恋花》（萧瑟兰成看老去）

萧瑟兰成看老去。
为怕多情、不作怜花句。
阁泪倚花愁不语，
暗香飘尽知何处。

重阳旧时明月路。
袖口香寒、心比秋莲苦。
休说生生花里住，
惜花人去花无主。

这首词是悼亡之作。“萧瑟兰成看老去”，感叹自己老了，但感叹得很高傲，把自己比作南北朝时期的大才子庾信。兰成，是庾信的小字。庾信其人，从小就聪明伶俐、俊秀可爱，少年成名，长大了就成为一代才子。庾大才子的一生是非常尴尬的一生，他出身很好，自幼便随父亲出入于南方梁朝的宫廷，后来担任了东宫学士，成为当时首屈一指的文学家。就在这个时候，政局变动，发生了著名的侯景之乱，庾信逃亡，辅佐了梁元帝，后来出使西魏，就在出使期间，梁朝被西魏所灭，庾信便没有祖国可归了。庾信因为文名很盛，被西魏留在北方不放，再后来北周代魏，对庾信更加器重，封他以高官显爵。

当时的南方政权，梁国已灭，陈国代兴。北周和陈国关系不错，双方达成了一个人性化的协议，准许流寓北方的南国人士重回故土。但这政策还有两个特例：谁都能回乡，唯有庾信和王褒不能。此时的庾信并不是一个简简单单的庾信，而是文化大旗、国家宝藏，既显赫又无奈。

庾信的文学创作，在被留西魏之前，是典型的宫廷式样，文采华丽，此后则既有思乡怀国之苦，又有出仕敌国的屈辱，风格转为沉郁，所以杜甫说他“庾信文章老更成，凌云建笔意纵横”，“庾信文章最萧瑟，暮年诗赋动江关”。容若这里所谓的“萧瑟兰成看老去”就是化自杜诗。

这一句，既是化用，也是用典。现在很多年轻的诗词爱好者对用典的手法比较抗拒，殊不知用典可以极大地加深作品的表现力。就以这一句“萧瑟兰成看老去”来说，简简单单七个字，既包含了庾信的一生，也包含了杜甫一个著名的文学评论，这是至少要几百字才能说清的东西。我们从这一句里，可以读出非常丰富的内容，比如容若以庾信自比，读者就可以通过庾信的生平与苦恼来理解容若的生平与苦恼，再如容若以庾信之“老”来类比自己之“老”，读者就可以想到容若的词在其初期也是以文辞华丽著称，后来也一转而为沉郁，尽管转变的原因和庾信不同，伤心人别有怀抱。这样的用典，可以使读者产生非常丰富的联想，可以节约作者大量的笔墨。

“萧瑟兰成看老去”，一个“看”字用得极好，给人一种眼睁睁看着年华老去而无能为力的感觉。接下来“为怕多情、不作怜花句”，人老了，经历过刻骨的沧桑，所以不敢再轻易地动感情了，看到美丽的花儿绽放，也不敢再写些什么了。不但不敢动情，不敢动笔，甚至“阁泪倚花愁不语”，只是挨近着花儿，含着眼泪。

“阁泪”，意思是含着眼泪，“阁”通“搁”，“搁着眼泪”就是“含泪”。由此讲一个理解诗词的方法：当我们遇到“阁泪”这种生僻词，有两个渠道可以去查找它的意思，一是搜集其他诗词里的例句，联系起来看，二是要掌握一些训诂的方法，或是通过一些训诂工具书。在当下这个例子里，我们从第一种方法可以找出宋词里的“阁泪汪汪不敢垂”和一首咏木樨花的“倒倚湿寒烟，似怯秋风，阁泪啼清晓”，可以推断出“阁泪”就是“含泪”，从第二种方法，查清代小学名家朱骏声《说文通训定声》可知，“凡止而不行皆谓之阁”，这个义项后来被“搁”分割了去，于是我们知道，所谓“阁泪”就是眼泪“止而不行”。经过这样的双重印证，我们就可以基本确定诗句里一个疑难词汇的确切含义。我给大家讲解诗词，很愿意把我的理解诗词的方法介绍出来，掌握了方法，大家就可以举一反三了。初学者学习诗词，总会依赖一些注释本、赏析本，但要知道这些东西也都是人写的，水准参差不齐，高水平的书里也难免有错。大家如果掌握了一些方法，有注本就会知道如何去检验，没有注本也会知道如何去理解。

话说回来，“阁泪倚花愁不语，暗香飘尽知何处”，这两句话要连起来多想一下。这里有个反训：“知”就是“不知”；“知何处”就是“不知何处”。花香已经飘尽了，不知飘到了何处，这既给人以一种怅惘的气氛，又贴切着悼亡主题，以暗香来比喻亡妻的魂魄，另外也说明“阁泪倚花愁不语”的时间之长。一句话，三层意思，这是要细心体会的，这也正是诗歌的魅力所在。

下片抒写怀念，“重阳旧时明月路”。前文讲过，卢氏的忌日时近重阳，所以容若的悼亡词里常有重阳节的意象。如今又是一个重阳节，又是当年的明月路，话只讲到这里，读者便能体会到诗中真正的重点是没有说出来的：当年是两个人一起度过，如今只剩下容若自己了。

接下来“袖口香寒、心比秋莲苦”，一香一苦，构成一个鲜明的对比。香的是外物，苦的是内心。在外物之香的衬托下，心里的苦就显得更苦了。这两句词，分别化自晏几道的“征衫袖口香寒”和高观国的“心似秋莲苦”。时至清代，前代的诗词文章已经构成了一个海量数据库，熟读前代作品成为文人的必修功课，读得熟了，前人的诗句便化为自家语言，用起来流畅自然，很难让人看出痕迹。但这也对清代诗词的读者提出了更高的要求：要读清代诗词，必须熟悉前代作品。清代是词史上的第二座高峰，佳作如云，现代人却只知宋词，对清词缺乏了解，一个主要原因就是：清词对读者要求较高。

结尾“休说生生花里住，惜花人去花无主”，所谓“花里住”，比喻在这美好的花丛旁边享受温馨的二人世界，但是“惜花人去”，花儿没有了主人，美丽的背后便是伤心了。

容若的词句，很多是化自王次回的。在王次回的诗里，“惜花”是一个常见的意象，比如《代赠》：

绛树休嗟结子迟，惜花人更惜空枝。
紫薇得到重来日，宛是深红未落时。

王次回写“惜花人”，用的是杜牧访湖州女子的典故，容若却以此比喻亡妻。花儿之所以惹人怜爱，除了它们本身的美丽之外，更重要的是有一位自己深爱的惜花人曾经和自己一同度过这花前月下的日子。“惜花人去花无主”说的正是物是人非、欲说还休的哀痛。曾在这花下有过生生世世的约定，却连短暂的今生也没有共同度过。

人生那不相思绝

——《蝶恋花·夏夜》（露下庭柯蝉响歇）

露下庭柯蝉响歇。
纱碧如烟、烟里玲珑月。
并著香肩无可说。
樱桃暗解丁香结。

笑卷轻衫鱼子缬。
试扑流萤、惊起双栖蝶。
瘦断玉腰沾粉叶。
人生那不相思绝。

这首词描写一对夏夜中的情侣，大家读起来可能会感觉不够顺畅，不押韵，因为它押的是入声韵。遇到这种情况，我们可以用一种简便的、但不够规范的读法来模拟一下原作的音律，就是把韵脚的字都读成普通话的四声，并且尽量使发音短促一些。“并著香肩无可说”中的“说”在《平水韵》里是入声九屑部，可以读成“悦”，这个字如果用作“游说”的意思，就在去声八霁部，这是很多人容易搞错的。

开篇“露下庭柯蝉响歇”，“庭柯”是指庭院里的树，这是在一个夏夜，庭院里，树叶上结了露水，蝉鸣不再响起，“纱碧如烟、烟里玲珑月”，一派朦胧的景色。

把时令、景物交代清楚之后，开始写人：“并著香肩无可说”，和心爱的女子并肩而立，只是这样静默着，并不多说什么。

“樱桃暗解丁香结”，这一句的修辞非常巧妙，“樱桃”本是比喻女子的樱桃小口，出自白居易“樱桃樊素口，杨柳小蛮腰”，“丁香结”本是指丁香的花蕾，古人常以呈紧密包裹状的丁香花蕾比喻愁肠郁结，最著名的句子就是“芭蕉不展丁香结，同向春风各自愁”。但丁香花蕾还有一个特点：到了成熟的时候，只要轻轻一碰，就会顺着纹理绽裂开来，正是“暗解丁香结”。为什么是“樱桃暗解丁香结”呢，这是说恋人和自己并肩紧挨着，虽然并不说话，但仅仅是她的存在便已经开解了自己心头的郁结。这样一种青涩的温馨，正是“人生若只如初见”的最美丽的经历。

从词的布局来讲，上片写得如此美丽，有什么作用呢？熟悉文艺作品的人就会知道：只有把一种东西的美充分地渲染出来，接下来打碎这种美才会让人觉得心痛。这样的表达方式是无所不在的，比如新近的电影《梅兰芳》，开头部分一交代十三燕对他那件御赐黄马褂如何珍惜，大家就该想到这件东西后来很可能会被毁掉。文艺作品的表现手法，古往今来一共就那么多套路，只是被人们翻来覆去地填充内容而已。容若这首词，上片极尽美丽之能事，下片就该让人知道失去这种美丽是何等的痛苦。

下片的一开始仍是继续着明快的笔调：“笑卷轻衫鱼子缬。试扑流萤、惊起双栖蝶”，所谓“鱼子缬”，是一种特殊的纺织扎染纹样。容若的词里常能见到这种精致生活物品的特定名称，这正是小资和大众的一大区别。生活要讲品质，必然重视细节。老百姓要喝咖啡，只会泛称喝咖啡；小资不喝咖啡，喝的是炭烧蓝山之类的什么。这样的区别，反过来也反映了生活状态的不同——比如欧美的亲属称谓，一个uncle就能把大舅、小舅、大叔、二叔、大伯、二伯等等一网打尽，这就意味着在亲属关系上，中国人更“小资”；对于内陆地区，吃鱼就是吃鱼，但对河边和沿海地区，吃的就是各式各样具体的鱼。所以，容若的词里经常出现鱼子缬、博山炉之类的东西，也正说明他对这种生活的熟悉。现代人写旧体诗的一大难关就是对古人的精致生活缺乏了解，又不知道怎么把汽车、电视写进诗里。

最后两句是一个彻底的逆转：“瘦断玉腰沾粉叶，人生那不相思绝”。“玉腰”指蝴蝶，出处是温庭筠的一副对联：“蜜官金翼使，花贼玉腰奴”，为什么这里称玉腰而不称蝴蝶，一是上句刚写过“惊起双栖蝶”，如果再出现蝶字就嫌重复了，二是强调蝴蝶的细腰，“瘦断玉腰”可以让人联想到“沈腰”这个常典，是说南朝文人沈约自叹消瘦，腰带越收越窄。“瘦断玉腰沾粉叶”，把“憔悴”这层意思赋予了蝴蝶，便带出了结句“人生那不相思绝”这一声长叹。

这一句里的“那”意思是“哪”，古文里表示“哪”都用“那”，后来才换作“哪”。至此，前文的所有欢乐与美丽一瞬间变成铺垫，这才衬托出结句的悲痛之深。王夫之《姜斋诗话》总结过这种手法，说“以乐景写哀，以哀景写乐，一倍增其哀乐。”举两个大家熟悉的例子：电影《阿甘正传》是特别典型的，通篇都以喜剧手法来表现悲剧，这样的悲剧更让人觉得深刻，觉得回味无穷；电影《孔雀》中经典的一幕是女主角骑着自行车，车后边拖着一个降落伞，女主角是兴高采烈的，电影里那些围观的人兴致勃勃地看着这场闹剧，影院里的观众也被逗得大笑，但事实上这是全片悲剧色彩最强的一幕，对于能看懂的人来说，它可以一瞬间催人泪下。这两个例子，表达手法都不出王夫之《姜斋诗话》的那一归纳，但它们的表现力比容若的这首《蝶恋花》、比王夫之眼中的诗词作品还要强上几分。文艺作品的表现手法只有那么多，但艺术家们总是在艰难地进步着的。所引出的另一个问题就是：进步所面临的一个风险是接受度的降低。容若这首《蝶恋花》我们还很容易读懂收尾处的逆转，《阿甘正传》和《孔雀》的那个片段在我所接触到的大多数观众中却都是被当作喜剧来看的。

■《月漫清游图·秋庭观绣》 清·陈枚

鹤孤华表，人远罗浮

——《眼儿媚》（林下闺房世罕俦）

林下闺房世罕俦。
偕隐足风流。
今来忍见，鹤孤华表，人远罗浮。

中年定不禁哀乐。
其奈忆曾游。
浣花微雨，采菱斜日，欲去还留。

这首词的主题，有的注本说是写给隐居友人的，这是不对的，应该还是悼亡。之所以会误解为隐居主题，主要是前两句的误导："林下闺房世罕俦，偕隐足风流"，这是用到《世说新语》的一则典故——谢遏夸自己的姐姐好，张玄夸自己的妹妹好，有一位尼姑和谢、张两家都有交往，有人请她品评两位女子的高下，尼姑很会说话："谢家姐姐神态闲适，有林下之风；张家妹妹心清如玉，有大家闺秀之态。"

谢遏的姐姐就是大才女谢道蕴，林下之风说的是魏晋竹林名士的气度。知道了这个典故出处，我们就知道"林下闺房"应该断句为"林下、闺房”，无论是谢姐姐的林下之风，还是张妹妹的闺房之态，都是无与伦比的，若能与这样的女子一同隐居，真是莫大的风流快事！但容若这里并非称美某位隐居友人的生活，线索就在下一句“今来忍见，鹤孤华表，人远罗浮”。

“今来忍见”，有注本认为“忍”通“认”，依据在《管子·大匡》“夫国之疑二三子，莫忍老臣”，郭沫若等人集校为：“‘忍’假为‘认’。言邑郊之二三子不识鲍叔。”其实这个依据用在这里并不合适，《管子》是一部错讹百出的书，又属早期典籍，就算把“忍”假借为“认”，容若这时候也不会再这么用字了。按照诗歌语言的惯例，这个“忍”应为反训，意思是“不忍”、“怎忍”，和上一首词里“知”训为“不知”、“怎知”是一样的。“今来忍见”就是说如今不忍看见。不忍看见什么呢？是“鹤孤华表，人远罗浮”。这样理解，意思是非常顺畅的。

“鹤孤华表，人远罗浮”，用到两个典故。“鹤孤华表”，字面是说仙鹤孤独地站在华表上，故事是这样的：汉朝有个叫丁令威的辽东人上灵山学道，学成之后化为仙鹤飞回故里，停在华表之上，用人的声音念了一首诗：“有鸟有鸟丁令威，去家千年今始归。城郭如故人民非，何不学仙冢累累。”这故事虽然不大禁得起推敲，但作为一个仙家常典，诗人们很是爱用。用到这个典故，有时是表示对成仙的向往，有时是表示人已仙去。所谓仙去，就是死了。

“人远罗浮”是一个和罗浮山有关的典故。罗浮山是广东名山，晋代名人葛洪曾经在此修道。一个更为美丽的传说是：隋朝人赵世雄在这里遇到了一位美女，体香芬芳。两人饮酒对谈，越谈越是投机，赵世雄不知不觉就醉倒了。醒来之后，那女子已经不见，只有一株梅树盛开在自己身边。这个典故也常被用来咏梅，比如宋词里有“罗浮淡妆素质，呼翠凤、飞舞斓斑。参横月落，留恨醒来，满地香残”，再如“怕它香已飘零，罗浮梦断，不与东君接”，都是很漂亮的句子。但这里用到罗浮典故，重点并不在此。

“鹤孤华表，人远罗浮”，一个是说人已仙去，一个是说美女从自己的生活中消失了，联系起来，说的当时亡妻卢氏，悼亡的主题在这里就看出来了。

下片“中年定不禁哀乐，其奈忆曾游”，继续悼亡的意思。这句话看起来是平铺直叙，所以一不小心就很容易忽略过去，其实这是用到《世说新语》里的一则典故，只有读出这则典故，才能凿实悼亡主题。《世说新语·言语》载：太傅谢安对右将军王羲之说：“中年伤于哀乐，每与亲友分别，总会难受好多天。”“中年伤于哀乐”是谢安的原话，所谓“哀乐”，这里作为偏义复词，偏重“哀”，而“乐”是没有实义的，就像我们常说的“恩怨”，偏指“怨”，和“恩”没有多大关系。

容若化用谢安的话，表达了一种人到中年、难禁别离之悲的沧桑感。其实说是中年沧桑，容若总共也只活到三十一岁。为什么这么快就有了中年之叹呢？正如古诗说的“相思令人老”，爱侣死了，相思不已，整日处在悲痛的情绪中，再年轻也觉得老了。

词的最后三句既易解又费解：“浣花微雨，采菱斜日，欲去还留”。说它易解，因为从写实角度来讲确实易解，“浣花微雨，采菱斜日”是说容若眼前所见的自然美景，这是一种带有伤感情绪的景色，特别能够感染一颗伤感的心，容若不想继续沉浸下去，却在这种情绪里拔不出来，所以才会有“欲去还留”之叹；说它难解，因为很难断定这几句到底是写实还是用典，毕竟“浣花”很容易让人想到成都杜甫草堂之畔的浣花溪，又可能出自张泌的那句“浣花溪上见卿卿”，暗示着当下“欲去还留”这条小溪正是当年自己与卢氏共同玩赏的地方，是因为故地重游才“欲去还留”的。

这个小小的疑难倒不重要，因为它并不会干扰我们的理解。读这首词，重要的是先把“鹤孤华表，人远罗浮”理解清楚，再要看出“中年定不禁哀乐”的出处，这样就不会误解主题了。

梦回疑在远山楼

——《浣溪沙·咏五更，和湘真韵》（微晕娇花湿欲流）

微晕娇花湿欲流，
簟纹灯影一生愁。
梦回疑在远山楼。

残月暗窥金屈戌，
软风徐荡玉帘钩。
待听邻女唤梳头。

这首《浣溪沙》，词题作“咏五更，和湘真韵”，把五更天作为吟咏的主题，所谓五更天，基本就是刚露晨曦的时候；“和湘真韵”是说这首词的韵脚用字和湘真的一首《浣溪沙》一样。

湘真并不是容若的朋友，而是明朝末年的大名士陈子龙。从政治上说，陈子龙是几社领袖、抗清烈士；从生活上说，陈子龙是柳如是最心仪的对象，两人之间的故事与诗词唱和给时人与后人们留下了许多谈资；从词学上说，陈子龙是云间派掌门人，推崇《花间》词风，提倡幽深雅致的小令，可谓清代词风的一大奠基人，容若的词学取向和陈子龙就有很接近的地方。

超越时光，追和前人的诗词，这也是写诗填词的一种方式。我们比较熟悉的是朋友之间的诗词唱和，这是文人的一种社交方式，暗中也有较技的意思，如同练武的人总喜欢到处找人切磋，文人也喜欢以诗词唱和的方式来作切磋。而追和前人的诗词，用现代电影导演的常用说法，是“向前辈名作致敬”，有着从书本里寻觅知音的意思。我们现在的诗词爱好者写诗填词也可以试试这种方法，但用意未必是向前辈名作致敬，而是一种取巧：中文系的学生有时候会被考到写诗填词，如果你背不下韵谱，又没机会查书，那就可以从记忆里调出一首古代诗词，步韵和上一首，这样作至少能保证你的韵脚不会错。

我们来看容若这首《浣溪沙》，写得很有云间派风格。温婉旖旎，字句浅显，但解释起来有点麻烦。这很像一些现代诗，或是李商隐的《无题》诗，你能够感受到诗句的美丽，却很难说清它的确切意思。

起句“微晕娇花湿欲流”，切合词题“咏五更”，在刚有一点点晨曦的时候，娇艳的花儿看上去有些朦胧，露水打湿了花朵，那朦胧而鲜艳的颜色如水一般生出了流溢的错觉。这一句的关键就在于两个字：朦胧。

接下来从花写到了人：“簟纹灯影一生愁”。读到这句，我们就该知道上一句“微晕娇花湿欲流”在结构上的作用是起兴——从这个角度来看，“微晕娇花湿欲流”相当于“关关雎鸠，在河之洲”；“簟纹灯影一生愁”相当于“窈窕淑女，君子好逑”。

簟，就是竹席或细苇席。大家都熟悉李清照的《一剪梅》“红藕香残玉簟秋。轻解罗衫，独上兰舟”，所谓“玉簟”并不是用玉做成的席子，而是用玉来装饰的席子，或者是形容竹席质地很好，温软如玉。簟是一种历史非常悠久的东西，《诗经》中的《小雅·采芑》有“簟茀鱼服”，这是说用竹席作车子上的窗帘，用鱼皮作箭袋，《小雅·斯干》有“下莞上簟，乃安斯寝”，这是说下边铺蒲席、上边铺竹席，睡觉最舒服。

《诗经》时代以至于唐朝，中国人是不睡床的，但到了纳兰容若的时候，高脚床早已普及，簟也就不再铺在榻上，而是铺在床上了。所谓“簟纹”，就是竹席的纹路。“簟纹”和“灯影”两个意象结合起来，指的自然就是卧室，隐含的意思是：卧室里睡觉的这个人很孤独，没有伴侣陪着，只有簟纹和灯影陪着。这还可以参照容若另一首词《如梦令》（正是辘轳金井）：

正是辘轳金井。满砌落红花冷。蓦地一相逢，心事眼波难定。谁省。谁省。从此簟纹灯影。

最后一句“从此簟纹灯影”意思就是和喜欢的那个人没什么缘分，在“蓦地一相逢”之后，虽然一见钟情，却无法再聚，从此以后夜夜在孤独中思念，只有簟纹灯影和自己做伴（或者说夜夜在簟纹灯影里思念着对方）。容若这里的“簟纹灯影一生愁”也是差不多的意思，说主人公就在夜深人静、难以独眠的状态下度过着苦苦相思的一生。

“梦回疑在远山楼”，看来是梦到了思念中的那位女子，一梦醒来，恍惚间以为自己正在她的闺房。所谓远山楼，最直接的出处应是王次回《梦游》组诗第十二首中的“绣被鄂君仍眺赏，篷窗新署远山楼”，是说携佳人泛舟，兴之所至，把船舱题名为远山楼；远些的出处是汤显祖《紫钗记》里女子在远山楼上思念在外做官的丈夫，“则他远山楼上费精神，旧模样直恁翠眉颦”。按照纳兰词的一贯传统，把典故追溯到王次回应该就可以了，况且王诗题为《梦游》，也正切合容若的“梦回疑在远山楼”。

下片在字面上就浅白得多。“残月暗窥金屈戌，软风徐荡玉帘钩”，这是说残月照着房门，微风摇荡着帘钩，意思很平常，句子也比较平庸。“屈戌”是门上的搭环，加一个“金”字说明这不是普通人家。屈戌为金，帘钩为玉，金、玉相对，扑面而来一股富贵气。

结句“待听邻女唤梳头”，字面上平白如话，放在全篇当中却很难理解。如果仅从结构上看，陈廷焯评论说“结句从旁面生情”，点出了一种诗词创作的手法。这是比一泄到底的方式更巧妙一些的。小令虽然短小，但也可以设计出冲突和波折。好比现在的电影，文艺片可以拍得很沉闷，越沉闷人们就越觉得它有艺术深度，商业片就得始终注意叙事的跌宕起伏——静态场面和动态场面如何搭配、多长时间要出现小冲突、多长时间要出现大冲突，设计之细腻已经足以为任何电影提供模版化操作了。其实诗词的创作一样有各种模版，而且比电影要简单得多。我们阅读诗词或者欣赏影视作品，很多时候与其说是被艺术打动，不如说是被模版打动。

作为参照，我们有必要看一看陈子龙的原作，词题也是《五更》：

半枕轻寒泪暗流。愁时如梦梦时愁。角声初到小红楼。
风动残灯摇绣幕，花笼微月淡帘钩。陡然旧恨上心头。

两相对比，乍看之下，会感觉这两首词差异不大。陈子龙的扣题是在上片的结句“角声初到小红楼”，不像容若一开始即扣题。关键的差别是在最后一句，容若是“待听邻女唤梳头”，镜头悄然一转，旁处生情，陈子龙则是“陡然旧恨上心头”，用情语结景语，没了含蓄，落了下乘。

诗艺如何分高下，这就是一个指标。很多人评论诗歌高下只是凭主观好恶，和别人发生争执的时候就会拿“各花入各眼”来作理由。“各花入各眼”虽然不假，但这并不意味着诗艺不存在客观上的高下标准。

附记：柳如是的《五更》词

陈子龙和柳如是可谓晚明最著名的一对情侣，两人有过不少的诗词唱和，尤其是一些同题之作，对照看起来很有意思。陈子龙写的那首《浣溪沙·五更》，柳如是也有一首，韵脚很罕见地用了仄声。我们不妨也来看看大才女柳如是的《浣溪沙·五更》是怎么写的：

金猊春守帘儿暗。一点旧魂飞不返。几分影梦难飘断。
醒时恼见小红楼，朦胧更怕青青岸。薇风涨满花阶院。

柳如是的手法和陈子龙相反，陈是用情语结景语，柳是用景语结情语，这一来余味就深长多了，而且全词给人一种爱恨交织、缠绵不清的感觉，这就比陈子龙“陡然旧恨上心头”和容若“簟纹灯影一生愁”的直白更高了一筹。

儒家论诗，讲究中庸之道，也就是哀而不伤、怨而不怒，情绪不能尽情发泄出来，要有节制。这虽然是政治与伦理上的考虑，却恰恰符合了美学理论。用通俗的语言来讲，绷得住的才是艺术，绷不住的就成祥林嫂了。绷得住才容易创造歧义空间，有了歧义空间才更耐人寻味。就这三首同咏五更的词而言，柳如是的显然作得最好。

■《小青小影图》 清・顾洛 立轴绢本设色

人间何处问多情

——《浣溪沙》（伏雨朝寒愁不胜）

伏雨朝寒愁不胜，
那能还傍杏花行。
去年高摘斗轻盈。

漫惹炉烟双袖紫，
空将酒晕一衫青。
人间何处问多情。

这首词是非常典型的纳兰情调，伤别怀旧、迷蒙旖旎，就算读不太懂，也能一下子被词里的那种气氛迷住。

“伏雨朝寒愁不胜”，一开篇就见愁景、发愁思。所谓伏雨，我见到的注本都注作“连绵不断的雨”，出处是杜甫的《秋雨叹》“阑风伏雨秋纷纷，四海八荒同一云”，赵子栎注：“阑珊之风，沉伏之雨，言其风雨不已也。”这里，赵子栎注“伏雨”为“沉伏之雨”，这是没错的，但沉伏之雨不等于连绵不断的雨，“伏”从来就没有“连绵不断”的意思。我多次讲过，注本不尽可信，哪怕是权威注本，所以作为读者，我们也得有一些独立的分析判断能力，正所谓尽信书则不如无书。

也许有人会问，为什么这个伏不是伏天、三伏之伏？证据就在接下来的两句："那能还傍杏花行，去年高摘斗轻盈"，说的是杏花开放的时节，而杏花开放是在公历三四月，入伏却要到公历七月了。

"伏雨朝寒愁不胜"，发闷的雨天，寒冷的清晨，容若耐不住无尽的愁绪。为什么愁，答案在下面两句："那能还傍杏花行，去年高摘斗轻盈"，容若在这样的天气里，想起去年的这个时候天气并不坏，人也并不孤单，一切都是快乐的。有细节才能真实，容若提到的细节就是：去年和爱侣一起攀上枝头采摘杏花，比赛谁最灵巧。言下之意是：一年之后，又是杏花时节，但天气坏了，当年的人不见了，剩下的只有孤单和惆怅。

下片对仗："漫惹炉烟双袖紫，空将酒晕一衫青"，写尽如今百无聊赖的状态。炉烟，是熏炉的烟，是从博山炉里烧出来的，不是从烧火做饭的炉子里烧出来的。炉烟缭绕，自己的两只袖子在炉火的映照下泛出微微的紫色；喝着酒，脸上有些红晕，配着身上一件青色的衣衫。这个对仗突出表现着颜色，给读者以很形象的画面感：炉烟的颜色，袖子的颜色，衣衫的颜色，酒后脸庞的颜色，所有这些颜色因为炉烟而显得迷蒙，因为酒意而显得恍惚，这就是诗艺中对朦胧美的塑造。

结句从朦胧落到了实处："人间何处问多情"，这就使前边所有的迷蒙与恍惚一下子有了明确的归宿。这样的结尾，看上去和前边讲过的陈子龙的那句"陡然旧恨上心头"性质相同，但前者比后者还要高出一筹——"陡然旧恨上心头"，明确得不能再明确了，虽说煞尾凌厉能够造成一种冲突感，有些味道，但余味毕竟少了；"人间何处问多情"却创造出一种茫茫天地无人知心的感觉，如果以电影手法来作比喻，就好像电影结尾处突然从主人公的近景一下子把镜头拉远拉高，镜头的中心仍然是主人公，却越来越小，越来越看不清，主人公仍然保持着一个未完成的动作。

归纳这首词的主题，并没有什么新鲜的，无非是睹物思人、物是人非。其实人类的行为与情感古往今来无非就是那么多，很少有人能够免俗。也正是因为这个原因，那些古老的作品到今天仍有不少读者。

附记：纳兰词也有锤炼功夫

很多人喜欢纳兰词，称之为直抒胸臆、天然流露，其实容若写词也是会反复斟酌修改的。就以这首《浣溪沙》（伏雨朝寒愁不胜）来说，改动之多，以至于有的选本会把不同的改动当作两首不同的词来收录。另一版本是这样的：

酒醒香销愁不胜，如何更向落花行。去年高摘斗轻盈。
夜雨几番销瘦了，繁华如梦总无凭。人间何处问多情。

诗词作品，这种情况是很多见的，读者所赞叹的天然之功很可能就是作者的饱经锤炼之作。毕竟台上演戏和台下看戏是不一样的，夸张些说，这有点像一些明星和畅销书，粉丝们在前台为偶像疯狂，推手们在幕后一边精心布局一边骂着：“这群傻口，不骗你们骗谁！”

谁道飘零不可怜

——《浣溪沙·西郊冯氏园看海棠，因忆香严词有感》

（谁道飘零不可怜）

谁道飘零不可怜，
旧游时节好花天。
断肠人去自今年。

一片晕红才著雨，
几丝柔绿乍和烟。
倩魂销尽夕阳前。

这首词的题目是《西郊冯氏园看海棠，因忆香严词有感》，西郊冯氏园是明朝万历年间大太监冯保的园子，熟悉张居正的人应该都知道冯保其人，他这个园子到了清朝不知落在了谁的手里，总之是以海棠花知名，是文人雅士们常去的地方。北京西郊一直都是风景区，现在的西山脚下盖了不少千万级的别墅，人称富人的后花园，而在明清两代，西郊富人后花园的范围比现在大多了。按照新中国的行政区划，海淀区算是北京的近郊区，如今住在海淀的人恐怕很难理解海淀为什么会叫海淀。“海淀”顾名思义，一定是多水的地方，明代这片地方确实是水域，现在清华大学所谓清华园，原本就是明代皇亲的水景园林，北京大学著名的勺园本来也是书画家米氏祖孙的园子，钓鱼台原本也真是有鱼可钓的。容若也常常呼朋唤友去西郊游玩，他们大概想不到多年之后的海淀已经名不副实了。

容若去西郊冯氏园看海棠，想到了香岩词，感而有赋。香岩是指龚鼎孳，龚氏寓所有香严斋，词集题为《香严词》，所以人们以香严称之。说起龚鼎孳，熟悉的人恐怕不多，有些了解的人都知道他是个大汉奸。汉奸要做大，也需要有本事的。明清之际，文坛有所谓“江左三大家”，分别是钱谦益、吴伟业、龚鼎孳，后来全当汉奸了。当时还有一个著名的小群体，人称“秦淮八艳”，是南京秦淮河畔最著名的几位才女。“秦淮八艳”之中，柳如是先是倾心于陈子龙，但终于想嫁而嫁不成，嫁给了老头子钱谦益；卞玉京曾经和吴伟业一见钟情，但也是想嫁而没嫁成，后来清兵南下，她着道人装流落江湖，最后嫁了一位医生；顾眉则与龚鼎孳一见钟情，而且结局看似不错，终于嫁入龚家做妾，后来龚鼎孳在崇祯朝陷入诏狱，两人便从才子佳人转为患难夫妻，感情弥笃。龚鼎孳有个著名的段子：易代之际，龚鼎孳为自己的变节行为作解释，说当时本拟自杀殉国，奈何小妾不让。这个小妾，说的就是顾眉。

龚鼎孳先降过李自成，后降过满清，但历史总比教科书复杂，人性也总比口号复杂，越是详考龚鼎孳的一生，就越会发现帽子并不易扣。不过这就是专业研究者的事情了，广大人民群众还是愿意接受标签化的人物形象，所以我们就继续说他是个大汉奸好了。

龚鼎孳降清之后，在康熙十二年作过会试的主考官，容若便出自他的门下。两人既有师生之谊，又常常结伴同游，关系不错。更重要的是，龚鼎孳和顾眉的爱情生活早已成为一段传奇，当年恋爱中的龚鼎孳没少写过旖旎温柔的诗词，这是大合容若口味的。龚鼎孳的词风给过容若很大的影响，这首《浣溪沙》（谁道飘零不可怜）就是仿照龚氏词风写成的。我们现在说纳兰词如何如何，得知道容若也是站在很多前辈名家的肩膀上的。

龚鼎孳名列“江左三大家”，诗词水准相当了得，现代人之所以不大熟悉，一是诗词只知道唐宋，二是汉奸的名声不好，三是龚鼎孳的集子后来被康熙皇帝给禁了——这事听上去很有几分蹊跷：龚鼎孳是个著名的投降派，绝对不是吕留良，文字狱再厉害，怎么会禁他的书呢？原因是：康熙禁毁钱谦益的书，看到钱氏书前有龚鼎孳作的序，加之龚鼎孳的诗文每每感时伤世，很不符合主旋律，干脆连带着一起和谐了。龚氏《香严词》后来和诗作一起定本为《定山堂集》，这书直到光绪年间才由龚氏后人搜集整理，重新刊刻。顺便一提，原先的版本（康熙十五年）现在还能看到，前些年被收在《四库禁毁丛刊》里，字迹模糊，看起来会比较吃力。

话说回来，容若词题说“因忆香岩词有感”，龚鼎孳存世词有四卷，容若回忆的到底是哪一首或哪几首呢？对这个问题，研究者们说法不一。依我来看，既然是“西郊冯氏园看海棠”，所忆的香严词应该是在冯氏园看海棠而作的。龚氏的这类作品，我所见到的纳兰词注本一共罗列了三首，我翻了翻《定山堂集》，又找出来一首。我们先看看这四首词，然后再看看容若的作品：

《菩萨蛮·上巳前一日西郊冯氏园看海棠》

春花春月年年客。怜春又怕春离别。只为晓风愁。催花扑玉钩。

娟娟双蛱蝶。宛转飞花侧。花底一声歌。疼花花奈何。

《菩萨蛮·同韶九西郊冯氏园看海棠》（之一）

年年岁岁花间坐。今来却向花间卧。卧倚璧人肩。人花并可怜。

轻阴风日好。蕊吐红珠小。醉插帽檐斜。更怜人胜花。

《罗敷媚·朱右军司马招集西郊冯氏园看海棠》（之二）

锦香阵阵催春急。旧花又是新相识。纨扇一声歌。流莺争不多。

紫丝围黄屧。小立朱楼侧。廉外斗腰肢。垂杨软学人。

《罗敷媚·朱右军司马招集西郊冯氏园看海棠》

今年又向花间醉，薄病深春。火齐才匀。恰是盈盈十五身。

青苔过雨风帘定，天判芳辰。莺燕休嗔。白首看花更几人。

龚鼎孳这几首词，没什么深意，也没什么伤心，无非是老来寻乐，很有几分晏殊的意思。汉奸的生活看来还是非常惬意的，“年年岁岁花间坐，今来却向花间卧”，再惬意，到底也是老了，但卧还要卧出风度来，是为“卧倚璧人肩，人花并可怜”。“璧人”本是对美男子卫玠的形容，意思就是玉人，“卧倚璧人肩”表现的一种魏晋风度：魏晋名士有一种作派，走路一定得有几个帮闲搀扶着。能如此地使奴换婢才是最高境界的小资，哈耶克曾经论说物质文明的发展，阐述先富如何可以带动后富，奢侈品如何渐渐廉价为大众用品，但他强调也存在一种富裕生活是无法普及的，那就是使奴换婢的生活。高品质，高格调，不能仅仅驾驭物质，更重要的是能驾驭人。如果我们从做人的角度评价，可以说龚鼎孳心态很好，但从诗词的角度来看，心态平和的人很难写出感染人心的东西。要想有读者，要么伤春悲秋，要么哭天抢地，总之一定要弄点动静出来。

所以我们来比照容若和龚鼎孳的词作，前者是敏感少年的怅怅情怀，后者是世故达人的自得其乐，看似风格相近，实则内涵迥然不同。事实上龚鼎孳也有不少真切感人的作品，毕竟他的经历比容若复杂跌宕得多。但是，复杂跌宕了一辈子，老来看开一切，不像敏感的少年人事事都易挂怀。容若此刻到西郊冯氏园看海棠，便挂怀起了龚鼎孳来，想到他在这里写过的海棠词，想到他刚刚去世，物是人非。总之，睹物思人，想到的全是伤感的东西。

“谁道飘零不可怜”，起首一句却不伤感，有几分强打精神的劲头。诗词里常常用到“可怜”这个词，但通常都不是我们现在所用的这个意思，而是指可爱。这句是说：谁说花儿飘落了就不可爱了呢！

花儿飘落，比喻青春易逝。人生总是这样：龚鼎孳一大把年纪了，还在自得于“白首看花更几人”，容若年纪轻轻反倒一口一个青春易逝。

老人心态容易怀旧，所以接下来的一句是“旧游时节好花天”，想到当初和龚鼎孳一起到这里游玩，天清气爽，鲜花明媚。刚说了当初的一点快乐，马上就来打碎这点快乐：“断肠人去自今年”，龚鼎孳就在今年去世了，如今的赏花人里不会再见到他了。

下片作了一个切换：“一片晕红才著雨，几丝柔绿乍和烟”，纯写景致，说花儿才经雨水，绿叶在烟霭中摇曳，营造出一种惯有的朦胧美。接下来和上片的结构一样，才一渲染美好，就要打碎这份美好：“倩魂销尽夕阳前”，照应开篇那句“谁道飘零不可怜”，说花儿在夕阳下飘零无踪。这是一个意象派的表达手法，花儿的飘零、倩魂的销尽，似虚似实，可以作出很多的联想。

最后一句的意思，只是我的理解，其他注本并不这么讲。有的说这句“谓在夕阳落照前她那美丽的身影却永远地消逝了”，之所以突然出现了一个女主角，是因为把“倩魂”解读为“倩娘魂”的典故：唐朝有个叫张镒的人，住在衡州，有个女儿叫倩娘，有个外甥叫王宙。王宙从小就很聪明，张镒很喜欢他，答应他将来把倩娘嫁给他。两个小孩子渐渐长大了，情投意合，越来越不想分开，谁知张镒忽然把倩娘许配给了别人。倩娘自此郁郁寡欢，王宙心里也不痛快，对舅舅说自己要去京城，坐船走了。夜半时分，王宙睡不着觉，倩娘忽然寻来了。王宙悲喜交集，当下便带着倩娘一起坐船走了，到蜀地一住就是五年，如胶似漆，期间倩娘还给王宙生了两个孩子。生米已经煮得不能再熟了，两人这才回返衡州。王宙见了舅舅，说起当初如何如何，谁知舅舅大惊失色，因为倩娘从王宙走的时候起就一病不起，这些年从没出过屋子。这到底是怎么回事呢？只见王宙带回来的倩娘走进了卧室，和病床上的倩娘忽然合为一体。

这故事就是唐朝陈玄佑著名的《离魂记》，“倩魂”既是用的这个典故，自是指已经去世了的恋人。

当真如此解释吗？到此又该讲讲理解诗词的方法。诗词当中，有些句子看似平铺直叙，实则用典，比如“莫问天涯路几重，轻衫侧帽且从容”，乍一看很难看出有什么用典的地方，但熟悉纳兰词的读者就会看出来，“侧帽”用的是北朝独孤信的典故；再如“情转薄，意还浓，倩谁指点看芙蓉”，好像也只是平常说话，实则出自苏曼殊的“笑指芙渠寂寞红”。但也有些地方，看似用典，实则未必，当下这个“倩魂”就是这样，如果把它解作倩娘魂，说它比喻去世的恋人，这就和全篇没有任何瓜葛了。这就是解读失之于过深。“倩魂”如果仅当作“美丽的魂魄”，意思是最为流畅贯通的，这就要从全篇来理解：首句“谁道飘零不可怜”就是“倩魂”一句的根基，意味着所谓倩魂正是飘零的海棠花。

附记：江左三大家

虽然各有复杂的身世，但一般来说，“江左三大家”都是汉奸。那是明清易代之际，也正是“国家不幸诗家幸，赋到沧桑句便工”的时候。一方面，在巨大的社会动荡里，人生的渺小浮沉生出了许许多多的悲欢离合，而时局的复杂性又远非前代可比；另一方面，这个时期的诗

连生贵子图　冷枚　立轴绢本设色

人学术素养都比较好，这是唐朝的大诗人们不能比的，于是，学术素养加上文学才华，在这样独特的时局里产生了许多比杜甫诗歌更要“沉郁顿挫”的作品。

在这些作品里，吴伟业的长篇歌行最是出色，但我这里只能稍稍介绍一下短篇。顺治七年，吴伟业去常熟，拜访钱谦益。当时卞玉京恰在钱府，却对吴伟业避而不见，吴伟业抚今追昔，写下一组《琴河感旧》，这里只选一首：

油壁迎来是旧游，尊前不出背花愁。
缘知薄幸逢应恨，恰便多情唤却羞。
故向闲人偷玉箸，浪传好语到银钩。
五陵年少催归去，隔断红墙十二楼。

当时的这些诗词，背后都有很多很多的故事，所以不像唐诗宋词里很多简单的咏怀诗、咏物词那样容易理解，但你如果熟悉了那些故事，就会读懂这些字面背后潜藏着的太深的沧桑。很多这样的诗词，无论内容的丰富、诗艺的高卓，比纳兰词都有过之而无不及，可惜手法不够通俗，内容不够大众，流传自然不广。每每想起，心里总会为之叫屈。还是毛主席说得好：“无限风光在险峰”，很多好风景的确只能寂寞终老。

人生别易会常难

——《浣溪沙·郊游联句》（出郭寻春春已阑）

出郭寻春春已阑，（陈维崧）
东风吹面不成寒。（秦松龄）
青村几曲到西山。（严绳孙）

并马未须愁路远，（姜宸英）
看花且莫放杯闲。（朱彝尊）
人生别易会常难。（纳兰成德）

这首词可以展示给我们诗词在古代的一种重要功能：社交。词题《郊游联句》，这事在康熙十八年二三月间，清政府开设博学鸿词科，不少汉人知识分子集于京师。张见阳在自家的别墅邀请众名士宴饮，席间联句，才有了这首《浣溪沙》。

在一起喝酒吃肉的时候，人们总会找些娱乐活动来助兴，于是粗人划拳，雅人联句，各得其乐。容若他们联句，性质就相当于我们说“两只小蜜蜂，飞在花丛中……”为了在酒席上热闹一下，大家增进感情。

联句这种活动大家应该不太陌生，因为在《红楼梦》里就有著名的一次联句活动，才女们写过“寒塘渡鹤影，冷月葬花魂”这些脍炙少男少女之口的句子。在现实生活里，尤其是开科考试前后的宴饮、联句活动，一方面是名士切磋，一方面也为今后的官官相护打下基础。新课进士互称同年，称呼主考官为座师，看上去温文尔雅、一团和气，其实是在建立关系网呢。一般的读书人，十年寒窗凭的是埋头真下工夫，等一朝金榜题名，最重要的一件事就是搭建关系网。我们看到他们的雅，也得想到这背后还有俗，雅与俗正是一枚硬币的两面。这种情况有点像现在的考大学，上了大学以后，学到知识只能说是收获之一，至少具有同等重要性的是，大学里的同班、同届、师兄师弟师姐师妹乃至各系老师，以后都有可能是自己的重要人脉。这世界很少有人可以单打独斗。

搞社交、建立关系网，这需要有共同话语，共同话语基于共同的知识背景，对于古代读书人来说，这些内容需要通过诗词的形式表达出来。为什么诗词是当时的重要功课，因为不掌握这门技术就很难融入主流社会。

还有一个耐人寻味的地方是：写诗填词，无论唱和也好，联句也罢，构成了一种非常中性的、超乎功利的语境。不管是一品大员还是七品芝麻官，在诗词面前一律平等，这就会创造一种愉快的社交环境。现在我们没有这种社交载体了，大家聚会的时候就很容易出现尴尬，聊车聊房子，穷朋友心里肯定不舒服。所以，如果我们现在提倡诗词联句，虽然难度很大，但对创建和谐社会肯定会有好处的，呵呵。

容若他们这次郊游联句，用《浣溪沙》的词牌，一共六句，六个人每人一句。开头的是陈维崧，“出郭寻春春已阑”。这一句毫无出彩之处，大白话而已，和李纨那句“一夜北风紧”能有一拼。但我们不要以为那五个人都是凑数，容若才是词坛的唯一主角，事实上陈维崧当时的文坛地位比容若高出太多。单单以词而论，他是阳羡派一代宗师，以大题材、大手笔著称于世，开一代风气之先。

所谓阳羡派，阳羡大略就是现在的江苏宜兴，出紫砂壶的地方。就在清初，小小的阳羡境内词坛名手如云，蔚为壮观，词风以怨诽之情、不平之意著称。为什么会有这种局面，首先因为阳羡虽小，却是个政治敏感地区，明末东林、复社的骨干分子有不少都是这一带人，等到王朝鼎革，阳羡一带殉难烈士之多也是令人瞩目的。汉人天下沦亡，这里又成为隐逸聚集之处，有一种对满清政府的非暴力不合作的气氛。

陈维崧出身世家，父亲是晚明“四公子”之一的陈贞慧。阳羡派词人多有凭吊故国之思，所以词作才有怨诽之情、不平之意，才有大手笔、大题目。我们可以看一下陈维崧的《夏初临·本意（癸丑三月十九日，用明杨孟载韵）》：

中酒心情，拆绵时节，瞢腾刚送春归。一亩池塘，绿阴浓触帘衣。柳花搅乱晴晖。更画梁、玉剪交飞。贩茶船重，挑笋人忙，山市成围。

蓦然却想，三十年前，铜驼恨积，金谷人稀。划残竹粉，旧愁写向阑西。惆怅移时。镇无聊、掐损蔷薇。许谁知。细柳新蒲，都付鹃啼。

这是一首很好的作品，在平淡中倾诉哀思，浓不可化。为什么不能尽情宣泄，因为题材敏感，正触当局忌讳。词题里的“三月十九日”，就是崇祯皇帝上吊的那天，癸丑年是康熙十二年；词的下片“蓦然却想，三十年前”，点明这首词正是明亡三十年祭。阳羡派每多追怀故国、俯仰今昔的作品，在新朝盛世发出许多不和谐的声音。所以后来清政府要编《四库全书》，要兴文字狱，也不是空穴来风的。为了社会的稳定，和谐掉几个文人几本书好像也不是什么不得了的事情。

接下来的联句人物，严绳孙和朱彝尊、姜宸英并称“江南三布衣”，以朱彝尊成就最高、名气最大。朱彝尊是经学大师，如果帝制延续下去，他很可能会和颜回、朱熹一起从祀孔庙。他同时也是词坛宗主，是浙西词牌的一面大旗。朱彝尊本来也是写爱情小词起家，有佳作号称独步天下、冠绝群雄，至少不在纳兰词之下，后来岁数大了，风格转为雍容大雅了。容若的填词主张是效法秦观、黄庭坚，走男女情思一路，自谓“眼看鸡犬上天梯，黄九自招秦七共泥犁”，朱彝尊刚好相反，自谓“不师秦七，不师黄九，倚新声、玉田差近”。

单说朱彝尊的爱情词作，专门有一个集子，叫作《静志居琴趣》，收词八十三首。静志是朱彝尊妻妹的字，这两人曾经有过一段不明不白的恋情。这段故事，比容若的爱情经历更符合美学标准。我们看看《静志居琴趣》里的作品，先看《鹊桥仙·十一月八日》：

一箱书卷，一盘茶磨，移住早梅花下。全家刚上五湖舟，恰添了、个人如画。

月弦初直，霜花乍紧，兰桨中流徐打。寒威不到小篷窗，渐坐近、越罗裙衩。

这样一首小词，通篇竟是一则短短的叙事，这种手法是非常罕见的。不抒情、不用典、不用什么朦胧美的渲染之词，却把那种暗恋的心态写到了极致，读来令人心荡。这已经达到诗艺的最高境界了，整个纳兰词里没有一篇能达到这个水准。

但为什么纳兰词能够流行，《静志居琴趣》现在却没几个人知道，一个很重要的原因是纳兰词常有格言名句，朱彝尊却不大搞这个。

对于诗词中的名句，一般人都有一个误解，认为诗词要有格言警句为最好。事实上，诗艺层面上的名句和格言警句是不一样的。我们可以说一首诗里的格言警句鼓舞人心、激扬斗志，如何如何的好，但这种好只是格言意义上的好，绝不是诗艺的好。诗艺要求流畅自如，单独的句子如果太突出、太直白，这是会毁掉全篇的，也会打消掉诗歌的余韵与歧义空间。诗人们对此也有一个漫长的认识过程，从古典诗歌到现代诗歌都是这样。莎士比亚把十四行诗从彼特拉克体4433的格式变成了4442，使最后一个诗节变成了两句，目的很简单，就是要营造警句出来。这是当时的一个革命，但这个手法很快就从主流的诗歌语言里淡化下去了。再如大家熟悉的“卑鄙是卑鄙者的通行证，高尚是高尚者的墓志铭”，作为格言，这两句话非常精彩，但从诗艺层面讲，这两句却是败笔。

再如大家都知道纳兰词最有名的句子是“人生若只如初见”，但广大读者都只知道这一句，不知道全篇在讲什么，甚至还常有人想当然地认为全篇就是爱情主题。这首词我在上本书里详细讲过，这里不再赘述，唯一要讲的是：这首词是一个典型的例子，“人生若只如初见”一句使容若变成了一个格言作者，在诗艺上却落了下乘。我的意思可以归结为两句话：第一，格言不等于诗；第二，格言的水平不等于艺术水平。初阶的诗词爱好者往往搞不清这两点区别。

我们再看朱彝尊的一首《桂殿秋》，这首词被况周颐《蕙风词话》评为有清一代压卷之作：

思往事，渡江干。青蛾低映越山看。共眠一舸听春雨，小簟轻衾各自寒。

同样写爱情小词，同样表现朦胧美，静志居词比纳兰词高在哪里？我们看到，纳兰词还偏重于辞藻，诸如前边讲过的“漫惹炉烟双袖紫，空将酒晕一衫青”，“一片晕红才著雨，几丝柔绿乍和烟”，朱彝尊的用语则平和得多，用很自然的语言叙述出一个看似普通的场景，而让这个场景自然表现出人物心态的朦胧情愫与矛盾冲突，张力极大。这里没有博山炉、沉水香，也用不着这些东西。艺术水准的高下，由此立判。

我讲这些，一是交代一下容若其时的人文环境、交游圈子，二是一直想澄清很多人的一个误解，以为有清一代，填词大家只有一个纳兰容若。我们得知道，纳兰词之所以现在很流行，艺术水平只是一个次要原因，更因为它够小资、够通俗、多有格言警句。再有一个原因就是王国维《人间词话》对纳兰词极为推崇，而《人间词话》又成为现代唯一走入大众眼界的词学理论书。但我们得知道，《人间词话》一来只是王国维一家之言，二来这书正好成为古今文艺理论之交，就好比“五四”名家们的白话文，经典地位主要是由时代赋予的，如果以现代眼光来看，实在问题多多。

顺便一提，前段日子有编辑约我写一本讲评《人间词话》的书，要求是完全顺着王国维讲，说只有这样才能被大众市场接受。因为这事我就很能理解“百家讲坛”，有时候真不是不愿意讲真东西，而是广大人民群众不接受。

这书后来没让我写，现在约我续讲纳兰词的这家也约了我讲评《人间词话》，答应可以由着我的意思来写，那时候我就会详细讲讲王国维词学理论的成败利钝，哪些是精辟的，哪些是落伍的，哪些是个人好恶，哪些是不严谨的。现在透这个口风，是希望大家不要神话《人间词话》，也不要神话纳兰词。

话说回来，陈维崧、朱彝尊都是当时的文坛领袖，放在诗词史上也是卓然大家，其他秦松龄、姜宸英、严绳孙也都是一时名士，各擅胜场，但这首《浣溪沙》实在联得平平庸庸。从情调上看，只是富贵闲愁而已，难得容若一句“人生别易会长难”作结，给场面添了一些忧郁。但就算这一句也属于陈词滥调，远从唐诗“别时容易见时难”，近到身边的朱彝尊就写过“别离偏比相逢易”。

这种情形，正是联句的特点使然。这事搞社交，不是搞创作，如果有人写得太个性了，其他人就不好下笔了。这不像诗词唱和，大家就同一个主题，乃至同一种形式、同一个韵脚、同样的韵脚用字各自独立创作，很有同台竞技的感觉；更不是自己抒写情怀，尽诉胸中冰炭。再有个性的人，到了场面上也得说些场面话。生活不一定需要艺术，但一定需要场面话，孤高如容若者也未能免俗。

画眉闲了画芙蓉

——《浣溪沙·寄严荪友》（藕荡桥边理钓筒）

藕荡桥边理钓筒，
苎萝西去五湖东。
笔床茶灶太从容。

况有短墙银杏雨，
更兼高阁玉兰风。
画眉闲了画芙蓉。

词题《寄严荪友》，严荪友就是上一首《浣溪沙》联句里出现过的严绳孙。严绳孙在无锡过着悠闲的隐居生活，从容若这首词的描述来看，真是一副风流高士的派头。

“藕荡桥边理钓筒”，“筒”在这里读作“通”——诗词格律里有个死规定，平声和仄声不能押韵。为什么会有这个规矩，大家不妨试试把“筒”读成现代汉语里的三声，怎么读怎么别扭。

藕荡桥是写实，就是严绳孙住处附近的一座桥的名字。地名如果好听，不但直接就可以拿来入诗，还可以用作自家名号，严绳孙就是因此而自号藕荡渔人。孔子主张做事一定先正名，这确实是至理名言。比

■《松溪吹箫图》 清·任颐 立轴纸本

如当代作家苏童的小说，很唯美，很颓废，但如果署名用他的本名童忠贵，读者恐怕要少一半；我讲纳兰词，同样的内容，如果是苏缨写于苏州小红楼，大家就容易接受，如果是朱二贵写于保定第三肉联厂宿舍，就不会有几个人看。我有一个朋友，佛教中人，修为很高，在现实场合给人讲解佛经，听众们都恭恭敬敬的，但把讲经的这些话放在网上说，就不断有人说他不懂、没资格、一派胡言。这就是人们普遍的认知方式，很少有人能够免俗。

从其他记载可知，藕荡桥一带在当时确实有很多荷花，每到夏天，芳香四溢。严绳孙就住在这样一处美丽的地方，悠哉悠哉，不亦乐乎。“理钓筒”是说他钓鱼，钓鱼的意象在诗词里常被用来形容隐居闲适之乐，我们不能深究严绳孙是不是真的经常钓鱼，是不是真的带个钓筒。

“苎萝西去五湖东”，苎萝是浙江苎萝山，传说西施就住在这座山下；“五湖”指太湖一带的水面，传说范蠡辅佐越王勾践灭吴之后，携西施泛舟五湖，悄然而去。诗词意象，苎萝指向西施，五湖指向范蠡，携美归隐的意思就这样表达出来了。这一句词，有版本作“披襟濯足碧流中”，大家可以比较一下哪一句更好。

后者显然不如前者。“披襟濯足碧流中”，这个意象指向的是屈原，用在严绳孙身上并不恰当，气氛也从闲适变作了悲壮，而“苎萝西去五湖东”，看似仅仅说明了地点，好比“中关村东清华南”，但为什么“苎萝西去五湖东”绝不等于“中关村东清华南”，就是因为苎萝与五湖已经在千百年的文学传统中从单纯的地名变成了具有意义指向的诗歌套语。明写地点，暗述隐逸情怀，这就叫不着一字而尽得风流。

地名与方位词的这种搭配，是一种很巧妙的诗歌语言，我们只有读得多了，才能领会到文字背后的那层引申意义。再举一个例子：“下得台城路转迷。小孤山北断桥西。更无人识上苏堤”，三句话基本都是方位词和地名的组合，感受不到诗意的人就只能把这样的诗词当作地图了。

“苎萝西去五湖东”，这是远景，下一句马上把镜头拉近：“笔床茶灶太从容”。“笔床”就是笔架，中国人本来不睡床，床在古代有两个主要意思：一是坐卧之具，用现代概念来说，马扎、板凳、沙发，这都是床；二是架子，笔架就叫笔床，李商隐诗“却惜银床在井头”，银床为什么会在井头，因为这个床是指井架。

点出笔床，另一个意思是切合严绳孙的特点。严绳孙以书画知名，参加科举考试的时候，康熙皇帝从众多考卷中认出了他的笔迹，特地拔擢严绳孙为探花。

“茶灶”是烹茶的小炉灶，郊游的时候可以随身带着。古代小资出门远足，笔架、茶灶、钓具，都是很时尚的行头，就像现代小资要装备上专业防滑鞋、专业水杯，各种小物件无不出自名门，价格动辄上千，装备齐了之后就算哪儿也不去，心里都美。严绳孙装备了笔床、茶灶、钓筒这些物件，就差说自己是某某俱乐部的了。那是清朝，容若还不知道用“时尚”这个词来夸他，也不会用“装□”这个词来损他，而是用诗歌的语言传统说他“太从容”。

下片递进，“况有短墙银杏雨，更兼高阁玉兰风”，一个“况”字承接上文，严绳孙的小日子已经“太从容”了，况且还有更羡煞人之处。词写到此，倾慕之情溢于言表。

这一组对仗，脱自严绳孙自己的一首《望江南》：“春欲尽，昨夜画楼东。暗绿扑廉银杏雨，黄昏扶袖玉兰东。人在小窗中。”朋友之间诗词唱和，你来我往，你的诗词我熟悉，我的诗词你也熟悉，这才有的谈。另一方面，唱和酬答的作品里融入对方的诗句，这也表示了自己对对方的尊重。容若被身边许多汉人知识分子看作第一等的知心朋友，不是没有道理的，不畏艰险帮朋友办事这是一方面，日常的诗词唱和中也无处不体现着对朋友的知心。我们回顾这首词上片中的“苎萝西去五湖东”，这一句字面是地理方位指南，涵义是隐逸生活，深究的话还有一层私语性质的意思，即呼应着严绳孙的一首《自题小画》：

占得红泉与绿芜，不将名字挂通都。君看沧海横流日，几个轻舟在五湖。

“几个轻舟在五湖”，至少严绳孙自己就是一个，说归隐还真就归隐了，这在知识分子当中是极难得的。严绳孙号秋水，诗词集题为《秋水集》，取《庄子·秋水》之意，总算名副其实。翻看《秋水集》，有太多旅游写景抒情的诗，也许隐逸于湖光山色之间当真是他最好的归宿。

容若写到这里，严绳孙快乐隐士的形象已经栩栩如生了，而容若结尾的一句最添情趣：画眉闲了画芙蓉。“画眉”是用张敞画眉的典故，形容夫妻感情。严绳孙工书善画，尤其善画花鸟。这句分明在对朋友打趣，说严绳孙这位书画国手先要为太太画眉，闲了才去画画花鸟。

严绳孙也有一首《浣溪沙》写到画眉之事，柔情蜜意，写得很有情趣，确实像个“画眉闲了画芙蓉”的人物：

尽日风吹到大罗，金堂消息见横波。暖云香雾奈伊何。
犹是不曾轻一笑，问谁堪与画双蛾。一般愁绪在心窝。

这首词里，“大罗”、“金堂”比喻仙界，“横波”比喻美女，“犹是不曾轻一笑，问谁堪与画双蛾”，活脱一副小龙女的情态。

附记：严绳孙的《秋水集》

严绳孙算不上一个政治人物，对清廷也还恭顺，但和陈维崧的遭际相似，《秋水集》在清朝也成了禁书。人们常常痛斥满清的文化钳制，说他们用心险恶，大肆篡改历史云云，这都不假，但真去翻翻那些禁毁图书，会发现不少书被禁毁得实在有些莫名其妙。严绳孙的《秋水集》从内容看就没什么，但禁书这种事一旦上边有命令下来，下边的各级单位就自然会层层加码，有过出书经历的朋友对此都会深有体会。

《秋水集》的被禁，推想起来，应该是诗词唱和里出现过屈大均等政治敏感人物的名字，况且容若已死，明珠倒台，小小严绳孙自然没了倚靠，明珠的政敌会不会把他也捎带进去都很难说。政治斗争最核心的原则是：不怕做错事，就怕跟错人。但凡倒台的，基本都是跟错人、站错队的，只有老百姓才会天真地以为他们真是因为贪污腐败等等“做错事”的缘故才下台的。明珠一倒，严绳孙自然算是跟错了人、站错了队。容若其他的诗朋词友们也有这个问题——的确，他们都是诗文相交、以词会友，但毕竟都是在官场上混的，文学叫集团难免成为政治小集团，即便不是，别人说是也就是了。

《秋水集》现在我们还能看到。严绳孙虽然以书画知名，诗词写得也很不错。我们看他一首《鹧鸪天》，写得缠绵悱恻，别有寄托：

不合尊前唱竹枝。天涯赢得梦来迟。鹍弦唤起三更月，一缕花风骨断丝。

多少事，只心知。又拈红豆记相思。而今牢落青衫泪，谁似浔阳夜泊时。

词集里还有为容若扈从北行的送别之作："凤城东去，一片斜阳，千里红药。便不凄凉，早是凄凉时节。云骢渐抛珠汗，渍桃花鞭影明灭。笑回头，有葡萄酒煖，当垆如月……"写得苍凉沉郁，也是佳作。

飘零心事，残月落花知

——《临江仙·寄严荪友》（别后闲情何所寄）

别后闲情何所寄，初莺早雁相思。
如今憔悴异当时。
飘零心事，残月落花知。

生小不知江上路，分明却到梁溪。
匆匆刚欲话分携。
香消梦冷，窗白一声鸡。

容若有好几首写给严绳孙的词，要么是送别，要么是想念，这首《临江仙·寄严荪友》（别后闲情何所寄）又是其中之一。

“别后闲情何所寄，初莺早雁相思”，一别之后，仿佛没了寄托，所以无时无刻都在思念着友人。——纳兰词经常给人造成“明白如话”的错觉，比如这里的“初莺早雁”，我们很难想到这样的句子居然也是有出处的，即萧子显的“早雁初莺，开花落叶”。“初莺”表示初春，“早雁”表示初秋；一春一秋，表示春去秋来、时光荏苒；“初莺早雁相思”表示时时思念着友人。

我们读诗词，要留心早雁和归雁的区别。早雁表示的时序是秋天，比如唐诗有“初秋玉露清，早雁出云鸣。隔云时乱影，因风乍含声”，归雁表示的时序是春天，而归雁也会和初莺并举，一起表示春景，如唐诗“初莺一一鸣红树，归雁双双去绿洲”。

容若这样来写春去秋来，看来和严绳孙分别的时间已经很长了。接下来“如今憔悴异当时”，或许这时候卢氏已经亡故，自己已不复当日的俊朗。妻子死了，好友远在他乡，多少话无人可以诉说，只有“飘零心事，残月落花知”。

下片描写一个梦境：“生小不知江上路，分明却到梁溪。”梁溪在江苏无锡，源出惠山，流入太湖，地近严绳孙的住处。容若长在北方，但有一次扈驾江南，真到梁溪去过，留下了一首《梦江南》：

江南好，真个到梁溪。一副云林高士画，数行泉石故人题。还似梦游非。

词中盛赞梁溪美景仿佛出自国手的画笔，当地一泉一石又多有自己江浙友人的题咏，看上去倍感亲切。结句“还似梦游非”，而如今怀念严绳孙，却真的梦游了一次。

容若说自己生长在北京，不熟悉江南的道路，却分明来到了严荪友的住处。阔别的好友终于聚首，但话还没来得及说，便“匆匆刚欲话分携。香消梦冷，窗白一声鸡”，窗外鸡声报晓，惊断了这多么美好的一梦。

附记：严绳孙为纳兰容若写的诗词

在严绳孙的《秋水集》里，也收录着同样向容若表达情谊的作品。

虽然一样的情真意切，却另有一番疏朗洒脱的风度。比如这首《南乡子·再送容若》：

归语太匆匆。刚到看山落叶中。生把马蹄都衬着，猩红。应到重来更几重。

今古望长空。明月山前月似弓。浇酒长城饮马窟，英雄。输与儒生骂祖龙。

上片结在“应到重来更几重”的留恋，下片却没有陷入“临歧更沾襟”的小儿女态，反而“浇酒长城饮马窟”，完全不再悲秋伤别了。

还有一首《移寓成容若进士斋中作》：

两年风雨客金台，宛转浮生浊酒杯。
画角晓听浑已惯，玉河秋别却重来。
朱门月色寻常好，青镜霜华日夜催。
但得新知倾盖意，不妨双屐卧莓苔。

“但得新知倾盖意”是说自己和容若一见如故。古人说人与人的相交，有白头如新，也有倾盖如故：有的人相处一辈子还是陌生人，有的人只一见面便如同故友。容若和不少汉人知识分子都有倾盖如故的意思，性情中人往往如此。有了交情，君子之交，门第的差异便不再成为隔阂了，严绳孙此时就住在容若的家里，没看到“朱门酒肉臭”，只觉得“朱门月色寻常好”，高干子弟也不都是坏人。

鸳鸯拂破白萍去

——《台城路·洗妆台怀古》（六宫佳丽谁曾见）

六宫佳丽谁曾见，层台尚临芳渚。
露脚斜飞，虹腰欲断，荷叶未收残雨。
添妆何处。
试问取雕笼，雪衣分付。
一镜空蒙，鸳鸯拂破白萍去。

相传内家结束。
有帕装孤稳，靴缝女古。
冷艳全消，苍苔玉匣，翻出十眉遗谱。
人间朝暮。
看胭粉亭西，几堆尘土。
只有花铃，绾风深夜语。

这首《台城路》，词题叫作《洗妆台怀古》。洗妆台是北京的一处名胜，本是金章宗为李妃所建的梳妆楼，旧址在今天北海公园的琼华岛上。清代，容若和他的一干诗文好友们没少吟咏这个地方，今天的游人却难觅遗踪了。

■《仕女图》 清・焦秉贞

有趣的是，这个地方一直被讹传为辽代萧皇后的梳妆楼，清代有人专门作过考证，力辨其误，但不知者依旧不知，知之者也跟着装糊涂，索性将错就错下去，容若这首词就是这么将错就错来写的。

为什么会这样呢？实在是这位萧皇后太有故事、太过传奇，正是一个很好的怀古由头。对于容若来说，萧皇后还有一处知心的地方：容若自己不是汉人，却是精通汉文化的才子；萧皇后是契丹人，然而堪称通晓汉文化的契丹第一才女。

萧皇后小字观音，我们可以称她为萧观音。如果找一个大家熟悉的人来攀附一下，我们可以说萧观音就是《天龙八部》里大侠萧峰的嫂子。《天龙八部》里，萧峰在不知情的情况下帮助女真人擒住过辽国的一位大人物，后来二人结为兄弟，此人就是辽道宗耶律弘基，后来封萧峰为南院大王，要他帮自己攻打宋室江山。辽道宗耶律弘基在历史上实有其人，他的皇后就是萧观音。

现在我们说起契丹，说起辽国，印象主要是从《说岳全传》得来的，好像那边的人都是狼主金兀术那样打打杀杀没文化的家伙，夷狄而已，实则大大不然。契丹人本来确实没文化，但他们非常善于学习先进的中原文化。北宋名相富弼在《河北守御十二策》就说过辽与西夏“役中国人力，称中国位号，仿中国官属，任中国贤才，读中国书籍，用中国车服，行中国法令”，中国的文明优势人家应有尽有，而人家的劲兵骁将又为中国所不及，这样的夷狄已经远远不是上古的夷狄了。

这样一种变化实在是北宋君臣的心腹大患，因为这就意味着，如果辽国或西夏灭了宋朝，也只是中华文化传统下的改朝换代而已，夷夏大防不存在了，这对约束人心大大地没有好处。

辽国发展到萧峰的结义大哥辽道宗耶律洪基的时候，汉化程度已经相当之深，耶律洪基本人就是一个典范——他手下一位叫作李俨的汉臣写了一篇《黄菊赋》给他，耶律洪基越看越看，竟然应时应景地作了一首七言诗，题为《题李俨黄菊赋》：

昨日得卿黄菊赋，碎剪金英填作句。

袖中犹觉有余香，冷落西风吹不去。

平心而论，这确实是一首好诗，连宋人见了都这样夸过。耶律洪基这位才子皇帝，从小便有才女相伴，那就是出身皇后世家的萧观音。两人自小青梅竹马，感情很深，辽人虽已汉化很深，却还保留着一点游牧民族的质朴：论辈分，萧观音是耶律洪基的表姑，两人大约算是杨过和小龙女的那种关系，但在辽国没有郭靖大侠管着，有情人便顺顺当当地成为眷属了。

耶律洪基后来沉迷打猎，萧观音撰文劝谏，两人从此有了隔阂。萧观音试图使丈夫回心转意，在她著名的《回心院》组词里，这层意思呼之欲出。

萧观音有《回心院》组词十首，流传很广，直到清代仍被一些知名选本收录、评注。从诗艺而论，这十首词也没有好到那里去，契丹第一才女到底没法和满清第一才子相提并论，不过大家不妨看看，也好对这位才女皇后增添一些了解：

扫深殿，闭久金铺暗。游丝络网尘作堆，积岁青苔厚阶面。扫深殿，待君宴。

拂象床，凭梦借高唐。敲坏半边知妾卧，恰当天处少辉光。拂象床，待君王。

换香枕，一半无云锦。为是秋来展转多，更有双双泪痕渗。换香枕，待君寝。

铺翠被，羞杀鸳鸯对。犹忆当时叫合欢，而今独覆相思袂。铺翠被，待君睡。

装绣帐，金钩未敢上。解却四角夜光珠，不教照见愁模样。装绣帐，待君贶。

叠锦茵，重重空自陈。只愿身当白玉体，不愿伊当薄命人。叠锦茵，待君临。

展瑶席，花笑三韩碧。笑妾新铺玉一床，从来妇欢不终夕。展瑶席，待君息。

剔银灯，须知一样明。偏是君来生彩晕，对妾故作青荧荧。剔银灯，待君行。

爇熏炉，能将孤闷苏。若道妾身多秽贱，自沾御香香彻肤。爇熏炉，待君娱。

张鸣筝，恰恰语娇莺。一从弹作房中曲，常和窗前风雨声。张鸣筝，待君听。

这十首词的内容，可以用粗俗的语言归结成一句话：老公你快回来吧，奴家已经收拾得好好的，就等你来为所欲为了。

萧观音还写过一首《咏史》七绝，不但著名，还给她惹来了杀身之祸：

宫中只数赵家妆，败雨残云误汉王。
惟有知情一片月，曾窥飞燕入昭阳。

咏史咏的是汉宫赵飞燕的故事，为什么惹祸？因为这首诗里暗藏了“赵”、“惟”、“一”三个字，合起来就是“赵惟一”。

“赵惟一”是一个人的名字，是一个男人的名字，这个男人是演艺界人士，由此便出现了一个问题：萧观音和赵惟一是否有了私情，那首

《咏史》是不是萧观音写给赵惟一的情诗？

如果让我来判断，我会说不是这样，因为《咏史》写得正大雍容，完全是儒家礼教之下的后妃之德，是站在后妃立场上劝谏君王的意思，若说私情藏在这里，总觉不类。但我说话毕竟不管用，在当时，这是由奸臣挑拨、由皇帝判断的。凿实萧皇后与赵惟一之私情的，还有据称也出自萧皇后手笔的一组《十香词》：

青丝七尺长，挽作内家装。不知眠枕上，倍觉绿云香。
红绡一幅强，轻阑白玉光。试开胸探取，尤比颤酥香。
芙蓉失新艳，莲花落故妆。两般总堪比，可似粉腮香。
蝤蛴哪足并，长须学凤凰。昨夜欢臂上，应惹领边香。
和羹好滋味，送语出宫商。定知郎口内，含有暖甘香。
非关兼酒气，不是口脂芳。却疑花解语，风送过来香。
既摘上林蕊，还亲御苑桑。归来便携手，纤纤春笋香。
凤靴抛含缝，罗袜卸轻霜。谁将暖白玉，雕出软钩香。
解带色已战，触手心愈忙。那识罗裙内，消魂别有香。
咳唾千花酿，肌肤百和装。无非啾沉水，生得满身香。

这一组诗，据称是萧皇后写给赵惟一的，一一描述了女人身体从头到脚的十种香气，结构类似于韦小宝最爱的《十八摸》，有撩拨人心之功，有诲淫诲盗之力。

一首《咏史》，一组《十香词》，让耶律洪基勃然大怒，于是赵惟一被满门抄斩，萧皇后被赐白绫自尽。临死之前，萧皇后恳请能见上丈夫一面，说几句话再死，终于未能如愿，便把一腔悲愤，以离骚体写就了一首《绝命词》：

嗟薄福兮多幸，羌作俪兮皇家。承昊穹兮下覆，近日月兮分华。托后钩兮凝位，忽前星兮启耀。虽衅累兮黄床，庶无罪兮宗庙。欲贯鱼兮上进，乘阳德兮天飞。岂祸生兮无联，蒙秽恶兮宫闱。将剖心兮自陈，冀回照兮白日。宁庶女兮多渐，遏飞霜兮下击。顾子女兮哀顿，对左右兮摧伤。其西曜兮将坠，忽吾去兮椒房。呼天地兮惨悴，恨今古兮安极。知吾生兮必死，又焉爱兮旦夕！

现在有一种比较流行的说法，说这首《绝命词》就是萧皇后的自供状，根据是词中一句“虽衅累兮黄床”，表示自己确实偷汉子了。

这里需要澄清一下。通篇来看这首《绝命词》，分明是在给自己鸣冤叫屈；以离骚体写就，大有把自身遭遇比作屈原受谗的意思。至于“黄床”，不能一看见床就想到男女之事，“黄床”这个词非常罕见，出自扬雄的《太玄》的“邪其内主，迂彼黄床”，到底作何解释恐怕是说不清的，但可以确定的是，《太玄》这一部分的内容是以妻子主内为主题的，所以“黄床”我们就可以理解为“后宫”。“衅累”是受牵累的意思，“虽衅累兮黄床，庶无罪兮宗庙”也就是说“虽然有人拿生活作风问题来整我，但我的所作所为是无愧于宗庙的”。这事萧皇后在掷地有声地剖明心迹，绝对不是什么自供状。这样理解，上下文也就顺畅连贯了。

皇后一死，亲生的太子也未能幸免，直到萧观音的孙子即位，这案子才被翻了过来，当年进谗的奸臣也被剖棺戮尸。

以上就是萧皇后的故事，容若这首《台城路·洗妆台怀古》咏怀的就是这段往事。

“六宫佳丽谁曾见，层台尚临芳渚”，这是怀古诗词的套路，意思是说：当初的六宫美女早已不在，只有这洗妆台矗立在太液池畔，供人凭吊。

“露脚斜飞，虹腰欲断，荷叶未收残雨”，这是很巧妙的一句，字面上是描绘洗妆台的景致，暗含着点出了这里的三处景点：金露亭、玉虹亭和荷叶殿。更巧妙的是，字面的意思是动态，暗含的景点名称是静态，这一明一暗，一动一静，完全由同一句话表达出来，这是很高明的修辞手法。

“添妆何处。试问取雕笼，雪衣分付”，“雪衣”是一处典故，唐明皇时，岭南进献了一种白色鹦鹉，被称作雪衣娘，很会学人说话，连诗词都背得出。有注本说唐明皇呼杨贵妃为雪衣女，这是不对的。容若这句词的意思是：萧皇后究竟在何处梳妆呢，试着问问笼中鹦鹉，看它知不知道。

“一镜空蒙，鸳鸯拂破白萍去”，这事描写清澈如镜的太液池上鸳鸯远去的样子。上片以景语作结，留有余味。

上片的内容是抚今，下片便转入追昔了。“相传内家结束”，“内家”指皇家，“结束”指装束。“有帕装孤稳，靴缝女古”，这两句恐怕很少有人能够看懂，“孤稳”和“女古”都是契丹语的音译，意思分别是玉和金，这句是说辽宫女子着玉服金靴，不是汉家模样。

“冷艳全消，苍苔玉匣，翻出十眉遗谱”，“玉匣”即金缕玉匣，也就是金缕玉衣，死人穿的。萧皇后被平反之后，尸体被重新以皇家礼仪装殓，与耶律洪基合葬，后来金灭辽，遍掘辽国陵墓，萧皇后的遗体也惨遭劫难。“十眉遗谱”是说眉谱，即画眉花式的工具书，这在上本书里已有介绍。容若这一句应是指萧皇后陵寝被掘的一幕，便有下文“人间朝暮。看胭粉亭西，几堆尘土”之慨。胭粉亭也是此地一景，当年繁华，耐得住几番朝暮！

结句“只有花铃，绾风深夜语”，有注本说这句的“花铃”当是护花铃，恐怕不确。洗妆台就在明珠宅邸附近，容若和朱彝尊、严绳孙等等相熟的朋友们在这里作过同题同调的词，从其他人的词里看，花铃应指塔檐上的那种铃铛——这里在顺治八年立塔建寺，也成了一景。

怀古诗词大多都是这种调子，以前如何繁华，如何风光，如何斗争，如今尽成陈迹、全归黄土。乍一听很有哲理，但好歹也是对世道人心的一剂清凉药。

附记：洗妆台唱和

容若和酒朋诗友们多有诗词唱和，往还尽是当时名士。在洗妆台，大家用同一个词牌、同一个主题分别有过作品，济济一堂，也算一番盛世。参与这次活动的人，除了高士奇是在本书第一次露面之外，其余顾贞观、朱彝尊、秦松龄、严绳孙都已经是我们的旧相识了。把他们这次的作品列出来，大家比照来看，也是有些趣味的：

卷帘依旧西山雨，凭高暗添愁思。马上吟成，帐中弦歇，遗恨尚留彤史。分明故址。有瑶岛琼花，未随流水。惆怅重寻，绣楣金缕广寒字。

当年梦游曾至。素娥须记得，天宝遗事。三阁传笺，六宫润笔，少个青莲应制。茫茫对此，只银汉红墙，望中相似。甚处天香，夜深飘桂子。（顾贞观）

琼楼天上寒如许，不堪陈迹重数。禁柳拖黄，芳池迥碧，中有妆台旧处。凭谁吊古。烟冷玉虹，草迷金露。想像当年，水晶帘卷报亭午。

问君何事多感，只梢沉粉泽，几度风雨。结绮临春，南朝花月，转眼前年黄土。怜伊如故。又绿树斜阳，宫鸦飞去。塔寺无端，声声朝暮鼓。（秦松龄）

凭君莫问妆楼处，御沟烟水如旧。满目江山，古而无死，此日定应谁有。乌栖鹿走。只一段铅华，芳名未朽。直道忘情，试来此地断肠否。

春风何限当日，下帘声一派，远山青后。凤胫灯昏，龙香拨煖，消得宿妆残酒。寂寥清漏。早一曲迴心，几时重奏。付与昏鸦，夜寒喧禁柳。（严绳孙）

层阑不厌波光冷，明霞远梢鱼尾。细草含茸，圆荷倚盖，犹与舞衫相似。柔蓝片水，曾簇碟湔红，影蛾描翠。锦石秋花， 当时稳贴皂罗髻。

春城几番士女，纵嬉游元夕，沙界烟寺。黄面瞿昙，白头宫监，也说千年遗事。回心院子。问殿脚香泥，可留萧字。怀古深情，焚椒寻蠹纸。（朱彝尊）

雕阑几层曲台上，旧是广寒宫宇。绮缀迎风，珠钱漏月，想家玉虹金露。浓华无据。但锦石生苔，秋花点土。艳粉香脂，佩环声作疏疏雨。

堆云桥外徒倚，尚澄湖一片，晚霞孤鹜。雁柱调弦，鸾笺写怨，无限当年情绪。长安砧杵。共蟋蟀悲吟，惹人词赋。系马垂杨，依稀听梵语。（高士奇）

另外，容若还有一首短篇的《于中好·咏史》，也说萧皇后故事，放在下文来讲，正可以相互参照。

至今青海年年月，犹为萧家照断肠

——《于中好·咏史》（马上吟成鸭绿江）

马上吟成鸭绿江。
天将间气付闺房。
生憎久闭金铺暗，
花笑三韩玉一床。

添哽咽，足凄凉。
谁教生得满身香。
至今青海年年月，
犹为萧家照断肠。

这首词应当和上一首《台城路·洗妆台怀古》一并来读，虽然篇幅与写法都不一样，主题却都是吟咏辽国才女皇后萧观音的。

我们读怀古类型的诗词，一个必要的前提条件就是熟悉作者所怀的那段古。如果人家怀古怀的是武侯祠、八阵图，那还好说，但如果怀的是耶律洪基、萧观音，对现代读者来说多少生僻了一些。这样的诗词，广大人民群众也未必喜欢，好在纳兰词里这样的作品并不多见，小小介

■《纨扇仕女图》清·闵贞 立轴纸本墨笔

绍一下，也有助于大家对纳兰词的全面了解。

首句“马上吟成鸭绿江”，不知道那段史事的人就看不懂这句话。前边讲过，耶律洪基酷爱打猎，有一次打猎打到了一处叫作伏虎林的地方，兴致很高，让萧皇后赋诗助兴。萧皇后不负所望，即席赋了一首七绝：“威风万里压南邦，东去能翻鸭绿江。灵怪大千俱破胆，那教猛虎不投降。”耶律洪基得诗大喜，向群臣显摆说：“皇后真是女中才子！”

即席赋诗，这叫“口占”，大家看诗词选本里经常有“口占一绝”，就是这种情况，即随口创作一首七绝。诗词功夫到一定程度了，七步成诗并不是一件难事，且不说写得好不好，至少合节合拍地写出来还是可以的。既然是即兴创作，通常也不会有多深奥复杂，但如果能口占一首律诗出来，那就需要天大的本事了。

萧皇后这首即兴作品，汉人看了肯定不会高兴，但我们就诗论诗，不得不承认这首诗写得很有气魄，说丈夫的威风向南压服中原，向东压服朝鲜，灵怪都吓得肝胆俱裂，小小老虎哪有不屈服的道理。渲染了八面威风，最后呼应到伏虎林这个地点，既应景又不局限于眼前之景，诗才确实不凡。如果是平庸诗人来写，写伏虎林打猎很容易就会把笔墨局限于伏虎林打猎，这是写应景诗的大忌。

由此再介绍一点背景知识：耶律洪基喜欢打猎，喜欢得太入迷，后来萧皇后写过一篇小文来作规劝，夫妻感情从此便有隔阂。我们看历史故事，看古装电视剧，如果要表现皇帝荒淫无道，罪状里经常会有沉迷打猎这一条。这就会给大家造成一个误解，以为皇帝打猎就是不应该的，而事实上，打猎过分虽然不对，完全不打猎也同样不对。对于耶律洪基来说，打猎是游牧习俗的古老传统；即便对于中原文化来说，打猎也是儒家文化中不可或缺的一环。很多人都以为儒家文化都是摇头晃脑、之乎者也那一套，不知道儒学本是文武兼修的。

按照周代的礼制，打猎是必须的，不是游乐而是义务，只是要严格遵守一大堆规章制度罢了，《穀梁传·昭公八年》说靠打猎来练兵是“礼之大者”，《周礼》里边对此还有具体的设计——礼制不等于文治，打猎、打仗都是礼。

这样的礼，是周代贵族的必修课。六艺之中包含御与射，孔子就很拿手，而且也教这些——孔子主要教授的内容并不是文化知识，学生如果既精于驾车又擅长射箭，这才是《国语·晋语九》所谓“射御足力则贤”，是贵族子弟的典范。

有战事就打仗，没战事就打猎，理论上说一年四季都该打猎，但实际情况可能更加接近于《国语·周语》中虢文公对周宣王的进谏所谓“三时务农而一时讲武”，在冬天农闲的时候对国人进行军事训练。打猎在一定程度上就相当于军事演习，而另外一层意义是以猎物来祭神祭祖。周人所谓“国之大事，在祀于戎”，而打猎和这两件国家头等大事全有联系。所以打猎不是玩，是正经事。打猎打得好，打仗应该就不会太差。《毛诗》曾说过“习于田猎谓之贤”，而且打猎有一大堆礼仪需要遵守，维护礼制也就是维护政治稳定。即便是秦汉以后，我们感觉儒家知识分子总在劝说皇帝不要耽于游玩打猎（那时候的打猎已经渐渐失去军事演习和祭神祭祖的性质了），其实并不尽然——《后汉书·马融传》收录了马融上奏的一篇《广成颂》，就是建议要把打猎活动恢复起来的。马融是东汉首屈一指的大儒，他眼见当时的儒生们力主文德、排斥武功，把政府忽悠得废止了田猎之礼和战阵之法，结果盗贼越发横行，肆无忌惮，所以《广成颂》就是针对这个问题而来的，认为文武之道不可偏废。

所以无论是汉文化还是契丹风俗，打猎都是皇帝该作的事，萧皇后去作规劝，只是因为耶律洪基玩得太过分了。

我们再看第二句“天将间气付闺房”。所谓“间气”，本是一种很迷信的说法，出自《春秋演孔图》“正气为帝，间气为臣”。汉朝是中国历史上最迷信的时代，阴阳五行谶纬一个比一个说得玄乎。《春秋演孔图》就是这样的一部书，“正气”是说人得五行中某一行之气，“间气”是说人得某一星宿之精——大家熟悉的所谓某某英雄豪杰上应星象之类的说法就是从这个观点里发源出来的。唐代高仲武选评所谓中兴时期的唐人诗歌，题为《中兴间气集》，这是一个很有名的选本，张端义《贵耳集》称赞李清照的词，说女人能有这种文笔，应该是间气所致。

汉朝之后，很少再有知识分子相信那套阴阳五行谶纬的东西了，但“间气”的说法仍然保留了下来，经常用以称赞女子的才华。王次回就有诗说“间气不钟男子去，才情偏与内家专”，恐怕就是容若这句“天将间气付闺房”的最为切近的出处。

接下来两句“生憎久闭金铺暗，花笑三韩玉一床”。“生憎”就是“最恨”。“金铺”，大家现在还能在古建筑的大门上看到铜制的猛兽脑袋，嘴里衔着门环，那就是金铺。在修辞上常常以点代面，所以金铺可以代指门。“生憎久闭金铺暗”就是说夫妻分居了，耶律洪基好久都不来萧皇后这里了。

“花笑三韩玉一床”，这句出自萧皇后的《回心院》组诗里的“展瑶席，花笑三韩碧。笑妾新铺玉一床，从来妇欢不终夕。展瑶席，待君息”，萧皇后明明自苦，却说花儿笑话自己，笑自己虽然把朝鲜美玉装饰的高级床铺准备得好好的，皇帝却很少光顾。“三韩”，古代朝鲜境内有三国，合称三韩，辽圣宗打过朝鲜，把朝鲜人迁到辽国，专门设了三韩县，在今天的内蒙古赤峰市东。这种称谓结构古已有之，比如春秋战国之际韩、赵、魏三家分晋，便有三晋之称，“城阙辅三秦”的“三秦”也是一例。

上片写了萧皇后的才气与不幸生活，下片解释不幸的原因：“添哽咽，足凄凉。谁教生得满身香”。为什么会遭逢不幸呢？因为“生得满身香”。这里有一处常见的误解：容若“谁教生得满身香”一句直接脱自上文讲过的《十香词》中“咳唾千花酿，肌肤百和装。无非噉沉水，生得满身香”，有人以为这就说明了容若相信《十香词》就是萧观音自己的作品，她和赵惟一的奸情实有其事。

事实上，诗词有其特定的解读方式，一个很重要的特征就是对歧义空间的营造，所以我们不能用理解记叙文、议论文的方式来解读诗词。常见有人把某某诗句确切地索隐出什么意思，那是不懂诗词之故。

容若这首词，我们不去搜罗旁证，单单从字面本身来看，“谁教生得满身香”一句并没有指明一个确切的意思，而是营造出了一个歧义空间。这就是说，在这个歧义空间里，上面那个理解“可能”是成立的，但并不“必然”成立，因为我们从这有限的字句中无法把握作者的真实想法，于是几种不同的、乃至互相冲突的解读都可以同时存在。我们也可以解读为“谁教‘生得满身香’”，即“谁搞出了‘生得满身香’这种淫词来陷害萧观音”，或者说这一句脱自《回心院》组诗里的“爇熏炉，能将孤闷苏。若道妾身多秽贱，自沾御香香彻肤。爇熏炉，待君娱”。萧观音作为美女的体香与《十香词》里充满淫靡气氛的体香在这里是可以同时存在而难辨孰是孰非的，这就是诗歌语言的特性，不能用记叙文、议论文的标准来理解。这一句从上下文来看，还能读出一个意思：萧皇后的结局为什么那么悲惨，还不是因为自己太好了！——“谁教”的后边本该跟随着某个具体的罪名，以作为萧观音“添哽咽，足凄凉”的理由，但容若给出了“生得满身香”这样一个不成其为理由的理由，藏在这里的便是一种不平之情。

最后，容若的结句是怀古诗词的老套路：“至今青海年年月，犹为萧家照断肠。”“青海”指西北边地，这里用这个词，营造了一种苍凉的感觉；“萧家”，指萧观音家，萧家可谓辽国的皇后世家，专为辽国皇室提供配偶，最著名的就是《杨家将》里的那位萧太后，历史上实有其人，堪称一代政治女杰。

这里所录的《于中好·咏史》，文字依据是容若的手迹，在清代的纳兰词刻本里字句很有一些不同：

马上吟成促渡江。分明间气属闺房。生憎久闭金铺暗，花冷回心玉一床。

添哽咽，足凄凉。谁教生得满身香。只今西海年年月，犹为萧家照断肠。

两者作个比较，大家便可以知道容若对自家作品是如何作修改的。写诗填词，只要才气高、底子厚、脑子快，一蹴而就并非难事，这样也不是出不来好作品，但即便是一等一的才子，也常会千锤百炼的。

夜深千帐灯

——《长相思》（山一程）

山一程。水一程。
身向榆关那畔行。
夜深千帐灯。

风一更。雪一更。
聒碎乡心梦不成。
故园无此声。

康熙二十一年，皇帝因为平定了三藩之乱，东巡祭告奉天祖陵，容若身为大内侍卫，扈驾随行，在经过山海关的时候写了这首《长相思》（山一程）。词中“榆关”是山海关的旧称。

词很短小，语言也很浅白，用不着多作解释，但就是这样一首小令，却成为纳兰词中的名篇，原因主要就在于王国维的推举之功。

王国维《人间词话》讲到诗句的壮观之境，说“明月照积雪”、“大江流日夜”、“中天悬明月”、“澄江静如练”、“大漠孤烟直，长河落日圆”，这些境界可谓千古壮观，如果在词里去找，纳兰容若塞上之作如《长相思》的“夜深千帐灯”，《如梦令》的“万帐穹庐人醉，星影摇摇欲坠”基本上也达到了这个境界。

王国维这话大体不差，但忽略了重要一点：诗词的壮观之境不单靠字面内容的呈现，而是要靠内容与形式的结合。“夜深千帐灯”虽然给我们呈现出来一副千古壮观的画面，但为什么在读起来的时候找不到这种壮观的感觉，这是因为它在形式美上并不是壮观的，所以无法和内容美呼应起来。

这里的形式美，说的就是诗词的音律美。先说韵脚。古人写诗填词，抒发什么样的情感，配合使用什么样的韵脚，这可绝不是没有讲究的。比如，要表现豪迈远大，用韵就多用“红、空”这类；要表现平和稳重，用韵就多用“元、沙”这类；要表现温柔婉约，用韵就多用“枝、期”等等。比如王国维举过的那个“大漠孤烟直，长河落日圆”的例子，现在我把韵脚换一下，意思贴不贴切就不管了，只是来给大家体会一下韵脚对意境的影响：

大漠孤烟直，长河落日圆。
大漠孤烟稀，长河落日低。
大漠孤烟北，长河落日东。

诗句，仅仅是吟诵而不是入乐，韵脚一变，意境也变。填词就更是这样了，你不能用《黄河大合唱》的旋律去配《十八摸》的歌词。诗词是一门形式艺术，取消了形式，也就无所谓诗词了。

韵脚之外，再看句子整个的音色。“大漠孤烟直，长河落日圆”，读起来是圆润爽朗的，自有一番黄钟大吕的气势，而“夜深千帐灯”，读起来舌头展不开，这不是说它的音色不美，而是它的美是一种小调的美、温柔的美。

容若这首《长相思》，并不是什么大开大阖的内容，而是一首倦旅思乡的小令，写得温柔缱绻，几分疲惫、几分无奈。其词牌的选择、韵脚的选择，都很好地在为这个主题服务，所以才构成了一首形式美与内容美相和谐的作品。如果它身上真的展现了“千古壮观”，反倒不伦不类了。

这首词还反映了一种很有趣的文化心态。容若说的“故园无此声”，这个“故园”是指北京府邸，而从他的出身来看，这次“山一程，水一程”和“风一更，雪一更”的“榆关那畔”才是他的“故园”。这真是反认他乡作故乡，忘本了。

满清入主中原，一不小心就会陷入汉文明的温柔乡里拔不出来，这种情形有点像南京路上的好八连。所以，如何才能让自己人不忘本，如何保持弓马娴熟的作战能力，这是统治者致力要解决的问题。容若这首《长相思》显然在政治上是不正确的，是“腐朽没落”的表现。我们得知道，容若以这般的汉文化修为，和汉人知识分子关系如此密切，这是有违满清基本国策的，很容易招来皇帝的处分。容若没落到这般田地，是因为他满汉兼修，有一身过人的骑射功夫，未废关外传统。再看容若的同时代里，还有一位爱新觉罗·岳端，是康熙皇帝的同辈，位在郡王，无论从诗歌风格还是家庭背景、性格与交游，都和容若相似，只比容若成名略晚，但他的一生就大起大落，除了受父兄牵累之外，也和他全盘汉化、罔顾民族传统大有干系。

在儒家传统里，所谓“夷夏之防”，不是血统决定论，而是文化决定论，也就是说：谁掌握了先进文化，谁就是华夏；谁退步成落后文化，谁就是夷狄。晚清“睁眼看世界”的那些先贤感叹欧美才是华夏，我们已经变作夷狄了，道理就在这里，这是儒家前辈们绝对想不到的局面。以这种标准来看纳兰容若，基本可以认定他是汉人了，但对容若自己而言，又无法割断血缘认同与民族传统，一颗心时时被拉扯在两极之间，真是一种常人难以感受的痛苦。现在很有一些认同西方价值观的中国知识分子，他们大约可以同感一下容若的内心吧？

附记：王国维《咏史》诗中的“千古壮观”

王国维年轻的时候写过一组《咏史》，其中之一是：

西域纵横尽百城，张陈远略逊甘英。
千秋壮观君知否，黑海东头望大秦。

这首诗写得很有几分豪气，贬低张珰、陈忠，推崇甘英。在西域问题上，前者主张安抚，后者主张开疆拓土，王国维作为一个诗人，显然不是什么和平主义者。开疆拓土之功能成就“千秋壮观”之美，看来“国家不幸诗家幸”这个道理反过来也是成立的。

组诗中的另一首说：

江南天子皆词客，河北诸王尽将材。
乍歌乐府兰陵曲，又见湘东玉轴灰。

“江南天子”是南朝的萧纲、陈叔宝等人，“河北诸王”是说北方的苻坚、高欢等人。“词客”虽然文化底子深厚，毕竟不中用，哪像河北“将才”虽然都是武夫，却能在“乐府兰陵曲”里唱出激昂的战歌。这样的歌，也算是“千秋壮观”吧。（王国维所谓壮观，还有得自叔本华美学理论的一层涵义，这就留待讲《人间词话》的时候再作说明好了。）

■《月漫清游图·游湖赏荷》 清·陈枚 绢本设色

寻常风月，等闲谈笑，称意即相宜

——《少年游》（算来好景只如斯）

算来好景只如斯，惟许有情知。
寻常风月，等闲谈笑，称意即相宜。

十年青鸟音尘断，往事不胜思。
一钩残照，半帘飞絮，总是恼人时。

纳兰词所谓“明白如话”，对于古代知识分子来说确实明白如话，至于现代人也有这种感觉，常常是因为看不出其中的典故、套语、化用等等手法，不知道纳兰词比起五代、北宋的词来复杂了多少。但这首《少年游》（算来好景只如斯）确确实实可以称为“明白如话”，其中只用到一个“青鸟”的典故，只要稍微了解唐诗的人都知道李商隐的“青鸟殷勤为探看”，青鸟是西王母身边的宠物，诗词里出现这个形像，是比喻青鸟为信使，尤其是爱情的信使。

上片在发议论，说风景之美只有有情人才能领略得到，而只要人心有情，纵然是寻常的风光、等闲的谈笑，都会令人惬意。

上片发了这些议论，似乎主人公正陶醉在这样一种甜蜜的情绪里，和爱侣分享着寻常风月、等闲谈笑，下片却词风一转，“十年青鸟音尘断，往事不胜思”，原来上片种种都是在怀念十年之前的往事，而这十年以来，两个有情人居然再也未曾通过音讯。想到这里，看看窗外月正残、絮正飞，愈发牵动愁肠。

这样的一种思念，清清淡淡，悠长绵远，不是那种浓烈、悲切的浓墨重彩，不轻不重地打动人心。

万里他乡，非生非死，此身良苦

——《水龙吟·题文姬图》（须知名士倾城）

须知名士倾城，一般易到伤心处。
柯亭响绝，四弦才断，恶风吹去。
万里他乡，非生非死，此身良苦。
对黄沙白草，呜呜卷叶，平生恨、从头谱。

应是瑶台伴侣。
只多了、毡裘夫妇。
严寒觱篥，几行乡泪，应声如雨。
尺幅重披，玉颜千载，依然无主。
怪人间厚福，天公尽付，痴儿騃女。

这首词对于古典文学的初阶爱好者而言，大约属于看过就忘的一类，吸引不了注意力，也读不出什么好处。只有把词的背景了解清楚了，才能领略到这首词水准之高，非绝世高手不能为之。一个人如果欣赏力只停留在“人生若只如初见”、“辛苦最怜天上月”的程度，那他基本还处在《读者》、《知音》、《青年文摘》的层次，如果能欣赏这首《水龙吟》了，鉴赏力才算更上一层楼。

当然，一本书如果都选讲这样的诗词，这本书也就没法卖了，所以我只是选了这么一首来作为本书的压卷之作，也算顾全大局了。

这首词有一明一暗两重意思，明里的意思正是词题所谓的“题文姬图”，是面对蔡文姬的画像而生的题咏；暗里的意思则是在写一位汉人才子吴兆骞。这个时候，吴兆骞和容若以及陈维崧、朱彝尊等人正在元夕汇聚一堂，对着一些图画命题吟咏。

吴兆骞这个名字在本书中还是第一次出现，但想来很多人应该并不陌生，因为余秋雨有一篇写东北宁古塔的散文就是围绕着吴兆骞其人其事的，读过的人应该很多。我在此之所以还要简述一番，一来是体例使然，二来余秋雨写的毕竟是散文，在史料的辨析上难免有不察之处。

吴兆骞是江苏吴江人，兄弟几个在当时都大有文名，而他正是众兄弟中最突出的一个，少年是小神童，青年是大才子，不敢说名满天下，至少是载誉江南。当时的江南，文人们流行着结社的风气，这还是从明朝形成的传统。说起结社，大家很容易想到东林、复社，很多明史爱好者把这种结社理解为民间结党，以为这是人们在有意识地形成一种政治力量，开民主党派之先河。这实在是高估古人了。党社其实主要为了应付科举考试、针对科举的特点而形成的文人集团，明代如此，清初亦然。吴氏兄弟加入的是慎交社，并成为社团里的骨干力量。慎交社高手如云，这些高手里有两个人和容若关系最深：一个是容若的第一知交顾贞观，一个是容若的老师徐乾学，我在上本书里对这两个人都有过详细介绍。

慎交社里，吴兆骞最出风头。我们仔细看看这个人，会发现上天好像把一切最好的东西都给了他：他出身官宦世家，虽然经历了改朝换代，但依然家大业大，自然和许多权贵子女一样享受了最高等级的教育，加之天资聪颖，养成了满腹的锦绣文章。一个人，尤其是年轻人，优秀到这种地步，难免会有几分高傲，吴兆骞也不例外。

关于吴兆骞的高傲，清人笔记里不乏记载，有一则是说汪琬曾来吴江，吴兆骞引了一段古语对他说："江东无我，卿当独步"，一副才子情况的表现。

一个人狂到这个份上，难免招人恨；顺到这个份上，更难免招人嫉妒。虽然"性格决定命运"是一句很不严谨的话，但用在吴兆骞身上大约还是有几分贴切的。到了顺治十四年，运势突然变了。

这一年发生了著名的"丁酉科场案"，案件的由头是有人弹劾这次科场存在舞弊现象，但事情的背景相当复杂，既有确实的舞弊发生，激起民愤，又掺杂着党争以及满清政府要在江南立威的政治意图。结果惩治极严，杀人极狠。吴兆骞偏偏就是这一届的考生，以他的水平与名望，自然用不着舞弊行贿，但不幸也被牵连进去了。有人便推测这是吴兆骞平时目空一切、结怨太多所致。

案发之后，顺治皇帝安排中举考生到中南海瀛台复试，每个考生身边都有两个武士拿刀站着，气氛相当恐怖。这次在皇帝眼皮底下如果失了水准，便难免斧钺牢狱之灾。如果吴兆骞参加了这次复试，只要发挥得不是太糟糕，总还能证明自己的清白。有人说吴兆骞禁受不起这种恐怖气氛，交了白卷，但事实上他并没有获得这个复试的机会，而是在此之前就被判定为舞弊而身在牢狱了。

在吴兆骞的诗集里，有《戊戌三月九日自礼部被逮赴刑部口占二律》：

其一：

仓黄荷索出春官，扑目风沙掩泪看。

自许文章堪报主，那知罗网已摧肝。

冤如精卫悲难尽，哀比啼鹃血未干。

若道叩心天变色，应教六月见霜寒。

其二：

庭树萧萧暮景昏，那堪缧绁赴圜门。
衔冤已分关三木，无罪何人叫九阍。
肠断难收广武哭，心酸空诉鹄亭魂。
应知圣泽如天大，白日还能照覆盆。

吴兆骞被逮入北京刑部大牢，口占了这两首七律。前文讲萧观音的时候，我介绍过诗词里的“口占”，说对于古代知识分子来讲，口占绝句并不是多大的难事，但口占律诗就不一样了，非绝顶高才而不可为，因为律诗是法度最为森严的一种诗歌体裁，单是中间的两联对仗就不是随口之间就能构思工整的。我们看吴兆骞这两首七律，虽然单以诗艺而论绝对属于平庸之作，但作为口占作品，就相当的难能可贵了，所以说吴兆骞江南大才子的名头绝非浪得。

这两首诗，声嘶力竭地为自己喊冤，最后还不忘记说说天朝的好话，希望“圣泽如天大”，能够辨明自己的冤枉。吴兆骞是否有辩白的机会呢？并非没有，他虽然没能参加瀛台复试，但在刑部审讯时作了一首七律，后来收入诗集，时题《四月四日就讯刑部江南司命题限韵立成》：

自古无辜系鸩鸠，丹心欲诉泪先流。
才名夙昔高江左，谣诼于今泣楚囚。
阙下鸣鸡应痛哭，市中成虎自堪愁。
圣朝雨露知无限，愿使冤人遂首丘。

这首诗所谓“命题限韵”，也是古代写诗填词的一种形式，有点像考试或者较技，拟出一个题目，并且限定韵脚，让人在这个框框里搞创作。闻一多说诗歌是戴着镣铐跳舞，“命题”就是最重的一种镣铐。镣铐越重，也就越考验诗人的才能，吴兆骞不但把诗写成了，还是“立成”，可见其才思之敏捷。但是，专制政府如果要下一盘大棋，哪会在乎个别棋子的存亡生死。法官明白吴兆骞的冤情，也曾把他“立成”的诗上呈御览，但最后的判决结果是：吴兆骞挨了四十大板，家产籍没入官，父母兄弟妻子一同流放东北宁古塔。

吴兆骞才学名世，他被流放，明眼人都知道是冤枉的。这事在知识分子当中影响很大，为他写诗撰文表示同情的人不在少数。吴兆骞这个名字此刻已经成了一个符号，对于很多人而言，他们都在吴兆骞身上看到了一把很可能会刺向自己的刀子。

在所有这些为吴兆骞而发的诗文中，有三篇最为流传，一是吴伟业的《悲歌赠吴季子》，另外则是顾贞观的两首《金缕曲》。吴伟业和吴兆骞有多深的关系，说不太清，但顾贞观和吴兆骞同为慎交社的同学，更是知心好友，他在吴兆骞流放临行前作出承诺，拼上多少艰难、多少时日，也要想方设法营救好友南还。

顾贞观话说得很意气，但他自己并没有那么大的政治能量。这一晃就是十八年，顺治帝已经死了，康熙帝接了班，吴兆骞在宁古塔生的儿子都老大不小了，顾贞观在这十八年来从没有放弃努力，但从来也都无济于事。

机会终于出现了：顾贞观结实了纳兰容若，两人惺惺相惜，互相引为知己，而容若不但自己是皇帝身边的红人，他的父亲明珠更是权倾朝野，要想营救吴兆骞，这正是最合适不过的路线。这样一件难事，最终说动容若的就是顾贞观的两首《金缕曲》：

其一：

季子平安否？便归来，平生万事，那堪回首。行路悠悠谁慰藉，母老家贫子幼。记不起、从前杯酒。魑魅搏人应见惯，总输他、覆雨翻云手。冰与雪，周旋久。

泪痕莫滴牛衣透，数天涯，依然骨肉，几家能够？比似红颜多命薄，更不如今还有。只绝塞、苦寒难受。廿载包胥承一诺，盼乌头马角终相救。置此札，兄怀袖。

其二：

我亦飘零久。十年来，深恩负尽，死生师友。宿昔齐名非忝窃，试看杜陵消瘦，曾不减、夜郎僝僽。薄命长辞知己别，问人生、到此凄凉否？千万恨，从兄剖。

兄生辛未吾丁丑，共些时，冰霜摧折，早衰蒲柳。词赋从今须少作，留取心魂相守。但愿得、河清人寿。归日急翻行戍稿，把空名料理传身后。言不尽，观顿首。

这两首词都是罕见的书信体，以书信的形式抒写吴兆骞的艰难与自己的承诺。顾贞观是清代词坛大家，填词水准不在容若之下，这两首词更是他近二十年的种种酸甜苦辣蕴积而成，堪称经典中的经典，其真挚感人之处足以打动任何一个铁石心肠。那么，更何况也属至真至性的纳兰容若呢。

容若读了这两首词，立时间声泪俱下，许顾贞观以五年之期，把营救吴兆骞的事当作自己的事来办，并以一首《金缕曲·简梁汾，时方为吴汉槎作归计》作答：

洒尽无端泪。莫因他、琼楼寂寞，误来人世。信道痴儿多厚福，谁遣偏生明慧。莫更着、浮名相累。仕宦何妨如断梗，只那将、声影供群吠。天欲问，且休矣。

情深我自判憔悴。转丁宁、香怜易爇，玉怜轻碎。羡杀软红尘里客，一味醉生梦死。歌与哭、任猜何意。绝塞生还吴季子，算眼前、此外皆闲事。知我者，梁汾耳。

这首词也是篇肝胆相照、情真意切的作品，与顾贞观惺惺相惜，不管外间如何闲言碎语。尤其是最后两句“绝塞生还吴季子，算眼前、此外皆闲事。知我者，梁汾耳”，下了狠话要营救吴兆骞南归。我们得知道，容若根本就不认识吴兆骞，“丁酉科场案”发生的时候，容若方才三岁，吴兆骞流放的时候，容若也只有五岁，他能够全心全力去营救吴兆骞，能够放出“绝塞生还吴季子，算眼前、此外皆闲事”这样的豪言壮语出来，完全是受了顾贞观的感动。我们读容若和顾贞观这三首《金缕曲》，会感觉男人之间的情谊深厚处要比男女之情更高一个层次，完全是心灵上的东西，感染力更强。说两句题外话：一是古希腊人认为同性恋比异性恋更高尚，主要也是因为这个原因；二是容若词中有一句“谁遣偏生明慧”，《七剑下天山》里伊犁将军纳兰秀吉还真生了一个叫纳兰明慧的女儿，和大侠杨云骢有过一段恋情，“纳兰明慧”这个名字恐怕就是从这句词里脱胎而来的。

或许功夫不负有心人，或许精诚所至、金石为开，到了康熙二十年，吴兆骞终于被救回来了，于是就有了开头那一幕容若和吴兆骞、陈维崧等人一起度过元夕、看画赋诗的场面，容若为之作赋的就是一幅蔡文姬的图画。

知道了这些背景，我们再来看看蔡文姬的身世。蔡文姬本来叫作蔡昭姬，后来为避司马昭的讳，人们才改称蔡文姬。蔡文姬是河南人，东汉名士蔡邕的女儿，工诗文、通音律，是汉代第一等的才女。蔡文姬嫁

■《梅边吟思图》清·顾洛 立轴纸本设色

给了河东卫仲道，还没生下儿子来丈夫就死了，于是回到娘家。后来天下大乱，刀兵四起，蔡文姬被乱兵所掳，跟了南匈奴左贤王，在匈奴一住就是十二年，还为左贤王生了两个儿子。曹操本与蔡邕有旧，怜惜蔡邕死而无后，便派人以金璧赎回了蔡文姬，把她嫁给了董祀。容若这首《金缕曲》题作《题文姬图》，吟咏的主题就是蔡文姬的身世，下面就进入对词句的讲解了。

“须知名士倾城，一般易到伤心处”，首句起得很有气魄，“名士倾城”并不是主谓宾结构，而是“名士与倾城”，即“名士与美女”，“名士”暗指吴兆骞，“美女”暗指蔡文姬。这句是说名士和美女大有共同之处，都容易伤心。顾贞观讲过“须信倾城名士，相逢自古相怜”，自古美女爱才子，一方面他们容易惺惺相惜，一方面他们常有相似的命运，互相容易理解。如果我们再追问一下：他们都有什么相似的命运呢？那就是遭人恨、遭天忌，红颜自古多薄命（女），古来才命两相妨（男），更有如容若一般的“情深不寿”，总之是命途多舛，坎坷艰辛。

这话说给才子佳人们听，很容易得到共鸣，事实上名士与倾城们大富大贵的也多了去呢。人们看到林黛玉受了一丁点委屈，就觉得这是上天多大的不公，可对那些下岗的、捡垃圾的丑女们所经历的苦难，同情心却会吝啬起来，这也是人之常情啊。即便我们只看吴兆骞和蔡文姬，这两位引无数人为之牵肠挂肚的悲情男女，他们那些最悲苦的日子也要比很多劳苦大众最好的日子要好上许多了。蔡文姬被虏到匈奴，到底嫁了左贤王，可不是落在日本鬼子手里；吴兆骞流放宁古塔，被当地领导聘入幕府，又做西席，很受礼敬，可不是在农场里劳改。瘦死的骆驼比马大，这才是放之四海而皆准的真理。只是劳动人民没有精力、也没有文化去伤春悲秋，所以没有多少故事流传下来。我们所看到的历史与文化，主要是由权贵、太子党和帮闲文人们弄出来的。

首句点出“一般易到伤心处”，接下来就得讲讲如何伤心：“柯亭响绝，四弦才断，恶风吹去”，这是用到蔡邕父女的两则典故。蔡邕避难江南，宿在柯亭，柯亭的建筑结构和北方不同，不是用木头作椽子，而是用竹子。蔡邕仰头看着，以音乐家的专业眼光审视竹椽，夸了声“好竹子”，就把人家的椽子拆了做成笛子，笛声奇绝，不是平常笛子可比。所谓“柯亭响绝”，是说蔡邕已死，人间再也听不到那奇绝的笛声了。

父亲是音乐大师，女儿也遗传了音乐才华。蔡邕有一次夜间鼓琴，琴弦突然断了一根，蔡文姬听在耳中，对父亲说：“断的是第二弦。”蔡邕不以为然：“你是蒙上的吧？”过了一会，蔡邕故意弹断了一根琴弦，考较女儿。女儿说：“第四弦”，果然无误。——读者须要留心：第一，诗词里边出现“四弦”的时候，通常不是在用蔡文姬这个典故，而是以四弦代指琵琶；第二，“四弦才断”又可以双关“断弦”，暗示蔡文姬的丧夫之痛；第三，蔡文姬因为这件事而被誉为“四弦才”，再联系这句“四弦才断”与上句“柯亭响绝”构成的是对偶关系，所以“才”在这里并不是用作副词、表示“方才”，而是人才之才，“柯亭响绝，四弦才断”也就是“柯亭之响已绝，四弦之才已断”，这是我们理解诗词很容易误会的地方。

“恶风”应是出自唐人方干的“应是曾经恶风雨，修桐半折损琴材”，琴材被恶风吹折，比喻世间奇男女被外来的突发灾难所摧折。这几句仍是双关着蔡文姬与吴兆骞。

“万里他乡，非生非死，此身良苦”，这一句脱自吴伟业的诗。前边讲吴兆骞被流放东北，吴伟业为他写了一首《悲歌赠吴季子》。这首诗悲痛沉郁，一气呵成，大有《离骚》之悲，在当时流传极广，影响很大：

人生千里与万里，黯然销魂别而已。君独何为至于此，山非山兮水非水。生非生兮死非死。十三学经并学史，生在江南长纨绮，词赋翩翩众莫比，白璧青蝇见排诋。一朝束缚去，上书难自理。绝塞千里断行李，送吏泪不止，流人复何倚。彼尚愁不归，我行定已矣。八月龙沙雪花起，橐驼垂腰马没耳，白骨皑皑经战垒，黑河无船渡者几，前忧猛虎后苍兕，土穴偷生若蝼蚁，大鱼如山不见尾，张鬐为风沫为雨，日月倒行入海底，白昼相逢半人鬼。噫嘻乎悲哉！生男聪明慎莫喜。仓颉夜哭良有以。受患只从读书始。君不见，吴季子。

吴诗写道“山非山兮水非水。生非生兮死非死”，这事对吴兆骞前途的写照，容若化用过来，又从现实双关回古代的蔡文姬。余秋雨说：“用吴伟业赠吴兆骞的诗句来表述，文人面对流放，产生的总体感受应该是‘山非山兮水非水，生非生兮死非死’，原先的价值坐标轰毁了，连一些本来确定无疑的概念也都走向模糊和混乱，这对许多文人来说都不完全是一件坏事。”——引出这段名文，为的是说明阅读理解上的一种方法：理解诗词作品，既不能失之于浅，也不能求之过深。吴伟业的这两句诗，意思其实是很明确的：东北流放之地如同人间地狱，那里虽然也有山有水，但那是穷山恶水，不比吴兆骞江南家乡的好山好水；吴兆骞此去服刑，虽然还是个活人，但在那种地方过活实在是生不如死。有注本说吴兆骞这一去“原无生还之望，生不见人，死不见尸，故称‘非生非死’”，这个解释虽然不能说是求之过深，但也有些迂曲了。至于“原先的价值坐标轰毁了”之类的理解，作为散文写作，自然可以这样生发，但作为诗词解读就不能这么作了。或者即便这样作，也该放在第二步来作。

容若化用吴梅村写给吴兆骞的诗句来题咏蔡文姬，因为“须知名士倾城，一般易到伤心处”。这在修辞上的巧妙之处是：古典和今典交织并用，造成一种难辨古今的艺术效果：以蔡文姬的古典比拟吴兆骞，以吴兆骞的今典比拟蔡文姬，一切若合符节，没有一点牵强生硬的地方。而到了上片的结句“对黄沙白草，呜呜卷叶，平生恨、从头谱”，已经浑然分不清到底在说蔡文姬还是在说吴兆骞了。

这句里的“卷叶”，有注本释为“卷草叶或树叶，吹以作响。白居易《杨柳枝》‘卷叶吹为玉笛声’”，这恐怕并不准确。在白居易这句诗里，“卷叶”确实是这个意思，但在容若的词里，“呜呜卷叶”应当就是指东北的寒风吹卷树叶。《水龙吟》的词牌，这句的规矩是“对‘黄沙白草，呜呜卷叶’”，前边一个仄声字（这里是“对”）带起后面的两个短句、八个字，所以“黄沙白草，呜呜卷叶”都该是蔡文姬或吴兆骞所“对”的对象，而不是他们对着“黄沙白草”卷着树叶在吹，何况东北不比江南，在大风天里卷叶吹声怕连自己都听不见。

下片一声叹息：“应是瑶台伴侣。只多了、毡裘夫妇”，才子佳人，本应有很好的际遇，却在异族荒寒之地苦捱日子。这句点出人生的错位，悲就悲在这里：下岗女工去拾荒，没几个人同情，因为人们会觉得这就是她们的人生位置，但名士倾城被下放，多少人会鞠一把同情之泪呢？

“瑶台伴侣”，有注本认为典出《竹书纪年》，夏桀得到琬、琰两名美女，为她们“筑倾宫，饰瑶台”，蔡文姬名琰，所以容若借用这个典故谓蔡文姬（实指吴兆骞）原该享有的良好际遇。——大意当是不错，但是否典出《竹书纪年》可就不一定了，毕竟“瑶台”在诗词里是个很常见的说辞，宋词里也有过“忍孤负、瑶台伴侣”，无非是称羡神仙美眷而已。追溯到《竹书纪年》，恐怕求之过深了。

“毡裘”是北方游牧民族的服装，“毡裘夫妇”明里是说蔡文姬嫁给了匈奴左贤王，暗里是说吴兆骞两口子一起在东北过着流放生活，多年过去，穿衣打扮已经是关外人的模样了。

接下来“严寒觱篥，几行乡泪，应声如雨”，无论是蔡文姬还是吴兆骞，虽然在北方一住经年，快变成当地人了，但每每在严寒时节听到边地的乐曲，还是忍不住流下思乡的泪水。觱篥（bì lì）即笳管，原是西域的吹奏乐器，这正应着传为蔡文姬所作的《胡笳十八拍》。

“尺幅重披，玉颜千载，依然无主”，“尺幅”是小幅面的画，这里就是指容若等人当下正在看的《文姬图》，“披”即披览，“依然无主”出自《胡笳十八拍》“天灾国乱兮人无主，唯我薄命兮没胡虏”。这句是说：重看这幅《文姬图》，感慨蔡文姬于千载之下依然没有找到归宿。——意思似乎不通，我解释不出来，也没有查到有通顺的解释，存疑好了。

结句“怪人间厚福，天公尽付，痴儿騃女”，“騃”（aí）是愚笨无知的意思，这句话是感叹苍天的不公，名士与倾城历尽沉沦坎坷，反而是笨蛋们享尽了人间厚福。这个意思苏轼就曾说过：“人皆养子望聪明，我被聪明误一生。但愿生儿愚且鲁，无灾无难到公卿。”这是才子的牢骚话，只提挨打不提吃肉，当不得真。容若这句话最切近的出处还是吴伟业那首《悲歌赠吴季子》：“生男聪明慎莫喜。仓颉夜哭良有以。受患只从读书始。君不见，吴季子。”这既是才子们的自嘲，也是对那些身居高位之人的讽刺：你们之所以这么顺，只是因为你们足够笨。

对诗人的感慨，我们大可以跟着感动一下，享受他们那高超诗艺对我们审美神经的冲击，但在理性上也不妨多想一下：蔡文姬生当乱世，有多少女子的遭遇比她更惨，而她之所以能嫁左贤王，能被曹操营救，还不是因为家世与才貌？吴兆骞的“受患”又怎能归因于聪明和读书呢，还不是为人太高调加上中大奖走了背运？历朝历代，聪明人好，读书人也罢，挨打的例子确实不少，但大家还都趋之若骛，还不是看中了吃肉的好处！考过公务员的人应该最能理解了。

“痴儿騃女”又有多少人真能享受“人间厚福”的？尤其在权力场里打拼的人，能立足不倒的有哪个不是人精？所谓痴呆，只是够低调、会装傻罢了。诗歌就是诗歌，说得好听的不一定就是对的。

这首《水龙吟》，一支笔写出明暗两重天，不即不离，尤其是古典与今典的互相映射更是精采绝伦的地方。纳兰词里很多流行的小品主要靠的是作者的才情，而这首词才情与功力并见，主题更是深刻，全不是爱情小生活中的风花雪月、伤春悲秋。

附记：吴兆骞的诗

查吴兆骞的《秋笳集》，有一组《集成侍中容若斋赋得柳毅传书图次俞大文韵》，应该是在那次元夕聚会中作成的。容若题咏的是《文姬图》，吴兆骞题咏的是《柳毅传书图》：

落日金羁上客过，画廉灯火九微多。当筵谁共抽毫素，一副吴绡梦楚波。

鲛管龙堂素练光，停杯与尔话钱塘。玉颜自昔多憔悴，莫向泾阳怨小郎。

年年沙朔掩蒿莱，橘社包山梦屡回。今日雨工图上见，却怜侬亦牧羊来。

洞庭云气晓凭凭，写入银屏照锦灯。惆怅红妆千万队，酒阑何处问巴陵。

这一组诗，借着柳毅传书的故事抒写自家的身世之慨叹。金枝玉叶的龙女被迫做了牧羊女，吴兆骞一句“却怜侬亦牧羊来”其实说的正是自己。吴兆骞借古抒怀，能和容若这首《水龙吟》相应的莫过于《明妃曲》。历代吟咏王昭君的不乏其人，但讲成吴兆骞这个腔调的恐怕绝无仅有。吴诗劈头就是“妾本良家女，奉帚掖庭中”，要知道王昭君确实是“良家女”出身，但只有吴兆骞才会特地提出这一点来，其实是在说自己：我本是一介良民，愿为主子效力。吴诗接下来抒写王昭君如何薄命、如何流落，如何伤心，收尾两句很醒目：“夜夜屠苏青海上，那能重见翠华来”，是说“我在边荒之地夜夜期盼，哪天才能再见到皇家仪仗呢”，实则是说自己：“我在东北待得太久了，什么时候才能放我回家呢？”伤心之处虽然惹人同情，但格调毕竟不高。

后记：偶向人间一展眉

上本书的后记写了一篇骈文，带大家复习一遍书中讲到的典故；这本书的后记就填两首《鹧鸪天》小词好了，狗尾续貂一番，作为纳兰词的读后感，也可以温习一下正文中的内容：

其一：

侧帽风流饮水词。行云高处谱相思。春风难系斑骓马，玉笛空翻杨柳枝。

追往事，结心期。无情风月有情知。当年为报梁汾意，偶向人间一展眉。

其二：

不许缁尘染素衣。京华倦了梦梁溪。几回短笛翻长恨，半是新词入旧题。

天黑白，路东西。可怜无处话分携。何如小箪轻衾夜，一种相思两不知。

我用的这个词牌，容若多写作《于中好》，它还有《思越人》、《醉梅花》等等别名，但以《鹧鸪天》最广为人知。每个词牌都有自己的情绪，《鹧鸪天》的情绪是悠扬爽朗的，有点民歌的味道，好像信马由缰、马蹄嗒嗒。

纳兰词里，最缺少的恐怕就是这样的情绪了。读他的词，哪怕看不懂内容，也会感觉出这个人是不快乐的。好像做任何事情对他都是勉为其难，如果可能，他也许愿意陷在自己的情感世界里永远也不出来。只在顾贞观求他搭救吴兆骞的那次，我们看到了他肝胆赴之、死生以之的样子，这应该是他在“翩翩浊世佳公子”与“情深不寿”之外更加令人激赏的一面。

纳兰词就先讲到这里，希望能让大家感觉开卷有益、值回书价。接下来我就要去完成另外两个约稿。感谢李异鸣先生，他给了我更多的写作自由，这在今天的出版环境里实在是难能可贵的。

苏缨

2009年1月

目录 

浣溪沙

欲问江梅瘦几分，
只看愁损翠罗裙。
麝篝[1]衾冷惜余熏。

可耐暮寒长倚竹，
便教春好不开门。
枇杷花底校书人。

金缕曲·亡妇忌日有感[2]

此恨何时已！
滴空阶、寒更雨歇，葬花天气。
三载悠悠魂梦杳，是梦久应醒矣。
料也觉、人间无味。
不及夜台尘土隔，冷清清、一片埋愁地。
钿钗约，竟抛弃。
重泉若有双鱼寄。

「1」麝篝，指燃麝香的熏笼。

「2」纳兰容若写给亡妻的一首词，被认为是容若悼亡词中最为感人的一首，是整个诗词史上以爱情写悼亡的典范。这首词写在容若的发妻卢氏去世后的第三年。卢氏在十八岁时嫁给容若，三年之后卒于难产。

好知他、年来苦乐，与谁相倚。
我自终宵成转侧，忍听湘弦重理。
待结个、他生知己。
还怕两人俱薄命，再缘悭、剩月零风里。
清泪尽，纸灰起。

浣溪沙

抛却无端恨转长，
慈云[3]稽首返生香。
妙莲花[4]说试推详。

但是有情皆满愿，
更从何处著思量。
篆烟残烛并回肠。

---

[3] 慈云，佛家用语，因为佛家称佛之慈悲如大云覆盖世界，容若用在此处，指代佛祖。
[4] 妙莲花，指《妙法莲华经》，简称《法华经》。“花”即“华”。

沁园春

丁巳重阳前三日，梦亡妇淡妆素服，执手哽咽。语多不能复记，但临别有云："衔恨愿为天上月，年年犹得向郎圆。"妇素未工诗，不知何以得此也。觉后感赋。

瞬息浮生，薄命如斯，低徊怎忘。
记绣榻闲时，并吹红雨；雕阑曲处，同倚斜阳。
梦好难留，诗残莫续，赢得更深哭一场。
遗容在，只灵飙一转，未许端详。

重寻碧落茫茫。
料短发，朝来定有霜。
便人间天上，尘缘未断；春花秋叶，触绪还伤。
欲结绸缪，翻惊摇落，减尽荀衣昨日香。
真无奈，倩声声邻笛「6」，谱出回肠。

「5」邻笛，出自一个典故。晋人向秀经过友人旧宅，听到邻人吹笛，感叹友人之死，写下一篇《思旧赋》。容若此处化用，是以邻家的笛声衬托自身的哀怨。

沁园春·代悼亡

梦冷蘅芜[6]，却望姗姗，是耶非耶。
怅兰膏渍粉，尚留犀合；金泥蹙绣，空掩蝉纱。
影弱难持，缘深暂隔，只当离愁滞海涯。
归来也，趁星前月底，魂在梨花。

鸾胶纵续琵琶。
问可及，当年萼绿华。
但无端摧折，恶经风浪；不如零落，判委尘沙。
最忆相看，娇讹道字，手剪银灯自泼茶。
今已矣，便帐中重见，那似伊家。

[6] 蘅芜，本是香草名。出自汉武帝梦见李夫人手赠蘅芜之香的典故。李夫人过世后，汉武帝为其招魂，“姗姗”二字则出自招魂典故。

浣溪沙

锦样年华水样流，
鲛珠[7]迸落更难收。
病余常是怯梳头。

一径绿云修竹怨，
半窗红日落花愁。
愔愔只是下帘钩。

摊破浣溪沙

一霎灯前醉不醒，
恨如春梦畏分明。
淡月淡云窗外雨，一声声。

人道情多情转薄，
而今真个不多情。
又听鹧鸪啼遍了，短长亭。

「7」鲛珠，眼泪的雅称，和词人爱用的“红雨”、“章台”皆属同类。典故出自《搜神记》，说南海一带有鲛人，像鱼一样住在水里，能够纺线织布，一旦哭起来，眼泪就结成珠子。

江城子·咏史

湿云全压数峰低。
影凄迷，望中疑。
非雾非烟，神女欲来时。
若问生涯原是梦，除梦里，没人知。

朝中措

蜀弦秦柱不关情。
近日掩云屏。[8]
已惜轻翎退粉，更嫌弱絮为萍。
东风多事，余寒吹散，烘暖微醒。
看尽一帘红雨，为谁亲系花铃。

---

[8] 开篇二句，化自唐代诗人李商隐的《嫦娥》：云母屏风烛影深，长河渐落晓星沉。嫦娥应悔偷灵药，碧海青天夜夜心。用在此处，表达了词人一种寂寞、百无聊赖的情绪。

清平乐

青陵蝶梦。
倒挂怜么凤。
退粉收香情一种。
栖傍玉钗偷共。

愔愔镜阁飞蛾。
谁传锦字秋河。
莲子依然隐雾，
菱花暗惜横波。

青衫湿遍·悼亡

青衫湿遍，凭伊慰我，忍便相忘。
半月前头扶病，剪刀声、犹在银釭。
忆生来、小胆怯空房。
到而今、独伴梨花影，冷冥冥、尽意凄凉。
愿指魂兮识路，教寻梦也回廊。

咫尺玉钩斜路，一般消受，蔓草残阳。

判把长眠滴醒，和清泪、搅入椒浆。
怕幽泉、还为我神伤。
道书生、薄命宜将息，再休耽、怨粉愁香。
料得重圆密誓，难禁寸裂柔肠。

清平乐·弹琴峡题壁

泠泠彻夜。
谁是知音者。
如梦前朝何处也。
一曲边愁难写。

极天关塞云中。
人随落雁西风。
唤取红巾翠袖，
莫教泪洒英雄。[9]

「9」此句化自辛弃疾《水龙吟·登建康赏心亭》："倩何人、唤取盈盈翠袖，揾英雄泪。"在辛词中，其亦是收束之笔，历代传为名句。

清平乐

风鬟雨鬓。
偏是来无准。
倦倚玉阑看月晕。
容易语低香近。

软风吹遍窗纱。
心期便隔天涯。
从此伤春伤别，
黄昏只对梨花。

浣溪沙

脂粉塘空遍绿苔，
掠泥营垒燕相催。
妒他飞去却飞回。

一骑近从梅里过，
片帆遥自藕溪来。
博山香烬未全灰。

浣溪沙

已惯天涯莫浪愁，
寒云衰草渐成秋。
漫因睡起又登楼。

伴我萧萧惟代马，
笑人寂寂有牵牛。
劳人只合一生休。

浣溪沙

败叶填溪水已冰，
夕阳犹照短长亭。
何年废寺失题名。

倚马客临碑上字，
斗鸡人拨佛前灯。
净消尘土礼金经。

浣溪沙

肠断斑骓去未还，
绣屏深锁凤箫寒。
一春幽梦有无间。

逗雨疏花浓淡改，
关心芳草浅深难。
不成风月转摧残。

蝶恋花

眼底风光留不住。
和暖和香、又上雕鞍去。
欲倩烟丝遮别路，
垂杨那是相思树。

惆怅玉颜成闲阻。
何事东风、不作繁华主。
断带依然留乞句，
斑骓一系无寻处。

蝶恋花

又到绿杨曾折处。
不语垂鞭、踏遍清秋路。
衰草连天无意绪，
雁声远向萧关去。

不恨天涯行役苦。
只恨西风、吹梦成今古。
明日客程还几许，
沾衣况是新寒雨。

蝶恋花

萧瑟兰成[10]看老去。
为怕多情、不作怜花句。
阁泪倚花愁不语，
暗香飘尽知何处。

「10」兰成，即庾信，南北朝时期著名文学家，字子山，小字兰成。庾信少时聪慧绝伦，才名卓著，长大后担任梁朝东宫学士。时局动荡之际，庾信出使西魏，出使期间，梁被西魏灭国，庾信因才名显赫，被扣留于西魏。后北周代魏，继续封以高官显爵，仍不许还乡。庾信一生是“文化大旗、国家宝藏，既显赫又无奈”（苏缨评）。

重阳旧时明月路。
袖口香寒、心比秋莲苦。
休说生生花里住，
惜花人去花无主。

蝶恋花

露下庭柯蝉响歇。
纱碧如烟、烟里玲珑月。
并著香肩无可说。
樱桃暗解丁香结。

笑卷轻衫鱼子缬。
试扑流萤、惊起双栖蝶。
瘦断玉腰沾粉叶。
人生那不相思绝。

眼儿媚

林下闺房世罕俦。
偕隐足风流。
今来忍见，鹤孤华表，人远罗浮。

中年定不禁哀乐。
其奈忆曾游。
浣花微雨，采菱斜日，欲去还留。

浣溪沙·咏五更，和湘真韵

微晕娇花湿欲流，
簟纹灯影一生愁。
梦回疑在远山楼。

残月暗窥金屈戌，
软风徐荡玉帘钩。
待听邻女唤梳头。

浣溪沙

伏雨朝寒愁不胜，
那能还傍杏花行。
去年高摘斗轻盈。

漫惹炉烟双袖紫，
空将酒晕一衫青。
人间何处问多情。

浣溪沙·西郊冯氏园看海棠，因忆香严词有感

谁道飘零不可怜，
旧游时节好花天。
断肠人去自今年。

一片晕红才著雨，
几丝柔绿乍和烟。
倩魂销尽夕阳前。

浣溪沙·郊游联句

出郭寻春春已阑，（陈维崧）
东风吹面不成寒。（秦松龄）
青村几曲到西山。（严绳孙）

并马未须愁路远，（姜宸英）
看花且莫放杯闲。（朱彝尊）
人生别易会常难。（纳兰成德）

浣溪沙·寄严荪友

藕荡桥边理钓筒，
苎萝西去五湖东。
笔床茶灶太从容。

况有短墙银杏雨，
更兼高阁玉兰风。
画眉闲了画芙蓉。

临江仙·寄严荪友

别后闲情何所寄，初莺早雁相思。
如今憔悴异当时。
飘零心事，残月落花知。

生小不知江上路，分明却到梁溪。
匆匆刚欲话分携。
香消梦冷，窗白一声鸡。

台城路·洗妆台怀古[11]

六宫佳丽谁曾见，层台尚临芳渚。
露脚斜飞，虹腰欲断，荷叶未收残雨。
添妆何处。
试问取雕笼，雪衣[12]分付。
一镜空蒙，鸳鸯拂破白萍去。

---

[11] 洗妆台，为一处古迹，旧址在今天北海公园的琼花岛上。相传为金章宗为李妃所建。历史上曾一度讹传为辽代萧皇后（萧观音）的梳妆楼，由此生发的典故轶事不胜枚举。

[12] 雪衣，唐代玄宗时，从岭南进贡一种白色鹦鹉，能学人语，能背诵诗词，被唤作“雪衣娘”。

相传内家结束。
有帕装孤稳，靴缝女古。
冷艳全消，苍苔玉匣，翻出十眉遗谱。
人间朝暮。
看胭粉亭西，几堆尘土。
只有花铃，绾风深夜语。

于中好・咏史

马上吟成鸭绿江。
天将间气付闺房。
生憎久闭金铺暗，
花笑三韩玉一床。

添哽咽，足凄凉。
谁教生得满身香。
至今青海年年月，
犹为萧家照断肠。

长相思

山一程。水一程。
身向榆关那畔行。
夜深千帐灯。

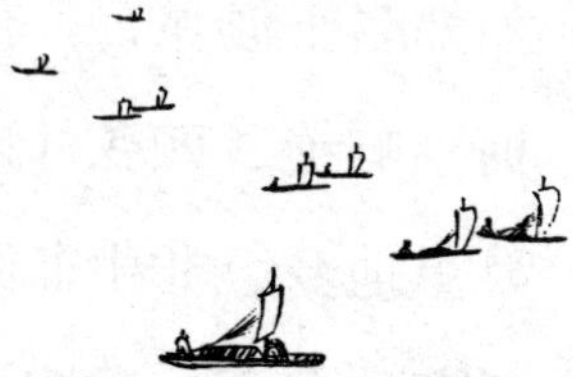

风一更。雪一更。
聒碎乡心梦不成。
故园无此声。

少年游

算来好景只如斯，惟许有情知。
寻常风月，等闲谈笑，称意即相宜。

十年青鸟音尘断，往事不胜思。
一钩残照，半帘飞絮，总是恼人时。

水龙吟·题文姬图

须知名士倾城，一般易到伤心处。
柯亭响绝，四弦才断，恶风吹去。
万里他乡，非生非死，此身良苦。[13]
对黄沙白草，呜呜卷叶，平生恨、从头谱。

应是瑶台伴侣。
只多了、毡裘夫妇。
严寒觱篥，几行乡泪，应声如雨。
尺幅重披，玉颜千载，依然无主。
怪人间厚福，天公尽付，痴儿騃女[14]。

［13］此句化自明末清初文人吴伟业的《悲歌赠吴季子》：人生千里与万里，黯然销魂别而已。君独何为至于此，山非山兮水非水。生非生兮死非死。

［14］“騃”（aí），愚笨无知的意思。本句的内涵仍贴近《悲歌赠吴季子》：生男聪明慎莫喜。仓颉夜哭良有以。受患只从读书始。君不见，吴季子。